Litsvet

ЛАУРЕАТЫ ПРЕМИИ
ИМ. ЭРНЕСТА ХЕМИНГУЭЯ
2024 ГОД

КРУПНАЯ ПРОЗА

ВЛАДИМИР ГАТОВ
Канада
Роман «В поисках Авеля»

МАЛАЯ ПРОЗА

АНДРЕЙ ГОЛЫШЕВ
Франция
Рассказы 2024

ПОЭЗИЯ

НАТАЛЬЯ РЕЗНИК
США
Стихи 2024

ПЕРЕВОДЫ

ПОЛИНА СПАРКС
Великобритания
Перевод английской поэзии

СОДЕРЖАНИЕ

Litsvet

ПРОЗА

Ульяна КОЛЕСОВА

Писатель, художник-философ, постоянный автор обложек нашего журнала; обладатель многочисленных наград в области иллюстрации, цифровой живописи, фотографии и графического дизайна.

МИЛЕЙШАЯ ЧЕТА ЭТТИНГЕРОВ

Бабка Марины, будучи родом из так называемых «обрусевших» немцев-лютеран, всю свою жизнь блюла семейные традиции и старалась не обрусеть. Отчаявшись найти подходящего немца, в тридцать два года она все же вышла замуж за русского, впрочем, человека симпатичного и небедного. Сменив непроизносимую фамилию Зальцзайер на Белозерова, она тем не менее умудрилась дать своему сыну, отцу Марины, ветхозаветное имя Отто, что делало отчество Марины, как ей казалось, неблагозвучным и неуклюже-хромоногим. Мать Марины была из беститульных аристократов и, хотя кровь этой ветви Колупаевых давно утратила чистоту в череде смешанных браков, дочь она воспитывала в лучших традициях русского провинциального дворянства.

Когда Марина достигла семнадцати лет и обрела статус барышни на выданье, она обладала всем необходимым для хорошей партии: приличным образованием, безупречным воспитанием и редкой красотой, слишком яркой, даже противоестественной для их маленького, богом забытого городка. В столицах таких девиц называли «неограненными бриллиантами», пока им не обеспечивали огранку удачные партии со зрелым банкиром или успешным фабрикантом. Брак по расчету Марина, разумеется, считала безнадежным пережитком прошлого и величайшей пошлостью, неприемлемой в эпоху эмансипации и технического прогресса, который, правда, пока не добрался до их захолустного местечка. За неимением ничего более интересного, Марина примкнула было к местному движению суфражисток, которое было представлено четырьмя такими же юными барышнями и парочкой старых дев, но после замужества одной трети членского состава движение быстро увяло.

Отец Марины, считавший себя в большей степени немцем, чем русским, давно поговаривал о переезде на юг Германии, где проживала дальняя родня, с которой семья до сих пор поддерживала связь. Война, а вслед за ней и большевистский переворот, отсрочили переезд, но в то же время не оставили иных надежд на будущее. Спустя несколько месяцев после подписания Брестского договора семье Марины удалось покинуть Россию, воспользовавшись прибалтийскими связями.

Мечты о новой жизни в Европе с ее смелыми модернистскими течениями, головокружительными феминистскими идеями развеялись, когда семья поселилась в таком же далеком от столичной жизни городишке на юге Баварии, который от прежнего места обитания отличался лишь умильной чистотой улиц и немецкой речью, впрочем, теперь довольно часто перемежавшейся русской из-за увеличивающегося числа иммигрантов, в основном из российской глубинки.

Маринина идея об учебе в Берлине была не то чтобы отвергнута, но ее рассмотрение было отложено сначала до окончания эпидемии испанской болезни, которая особенно люто бушевала в крупных городах, потом просто до «лучших времен». Прошло три года, но эти времена так и не наступили. В распоряжении Марины была частично привезенная домашняя библиотека и неплохая книжная лавка, где можно было найти русскую классику, горячо любимых Бодлера и Верхарна, а также последние сочинения доктора Фрейда и недавно изданный новый роман Пруста.

Красота Марины, конечно же, не осталась незамеченной в среде местного Oberklasse, но о замужестве Марина предпочитала не думать вовсе, иначе она бы встала перед унылым выбором между глуповатыми щеголями, занудливыми напыщенными приказчиками и парочкой «финансово независимых» вдовцов.

На гребне этой матримониальной безнадежности как раз и появился Никодим, Ника, Ниточка, старший сын Эттингеров, соседей, с которыми Белозеровы не так давно подружились. Окончив с отличием пусть не самый престижный, но все же столичный университет, он приехал повидать семью с тем, чтобы через месяц вернуться в Берлин, где его уже ждал весьма неплохой для начала карьеры контракт с крупной инженерной компанией. Его семейство покинуло Россию, когда Нике было пятнадцать, и теперь в двадцать шесть он так же прекрасно и чисто говорил по-русски, как и по-немецки. Несмотря на годы, проведенные в столице, Никодим не приобрел смешной чванливости, которая так свойственна наспех вкусившим столичной жизни провинциалам; он был умен и при этом непостижимым образом открыт и чист, чем и покорил Марину в первый же вечер знакомства. Обладая прекрасным вкусом, он хорошо и скромно одевался и, несмотря на свое сугубо техническое образование, был знаком с творчеством Рильке и Гофмансталя и не путал Шеллинга с Гегелем.

Некрасивое, крутолобое и костистое лицо Никодима все же было удивительно приятным благодаря славному, немного детскому выражению. Улыбку, слишком сильно открывающую зубы, спасали милейшие ямочки на щеках и чудесные радостно-добрые искорки в глазах, неизменно вызывавшие ответную улыбку. Никодим носил очки, но они ничуть не портили его, а то, как он морщил нос, поправляя их, делало его по-особенному трогательным.

Неделя совместных прогулок и задушевных бесед привела Никодима к катастрофическому и бесповоротному обожанию, а Марину — к теплой нежности и радостному предвкушению чего-то нового, большого и искристого. Скоропостижное предложение замужества было принято Мариной со счастливой готовностью и торжественной клятвой, данной самой себе: стать идеальной преданной женой.

Молодые Эттингеры сняли небольшую квартирку в районе Гедехнискирхе, и их первые два года в Берлине прошли в приятных заботах об устройстве уютного гнездышка и ожидании Никиного карьерного роста. Марина ходила на курсы улучшения языка; как выяснилось, ее немецкий был хотя и грамотным, но немного устаревшим. Кроме того, она с удовольствием посещала выставки современного искусства и очень скоро, в первую очередь благодаря отшлифованной столицей красоте, была принята в среду берлинской русскоязычной богемы. Марина пробовала обучиться рисованию, но скоро была вынуждена признать полное отсутствие художественного таланта, как ранее и музыкального. В конце концов она решила, что красоты, ума, богатой эрудиции и умения ценить прекрасное ей вполне достаточно для гармоничного существования в умеренно интеллектуальном артистическом обществе.

Продолжала ли она любить Никодима? Марина всегда отвечала себе на этот вопрос утвердительно и, возможно, слишком поспешно, беря его руку в свою, если Ника был рядом. Она гордилась ясной кристальностью своей любви и тем, что выбрала в мужья человека умного, преданного ей всей душой и, главное, небогатого, потому что ничего не может быть вульгарнее, чем прелестная юная особа рядом с денежным мешком.

Их идиллическую семейную жизнь немного портили интимные моменты, без которых Марина вполне могла бы обойтись, но дарила их мужу с теплой снисходительной радостью, с какой матери дарят детям рождественские подарки. Ее смущала Никина нагота; в сюртуке он все же выглядел солиднее и держался увереннее, сюртук скрывал узковатые, чересчур покатые плечи. В нагом виде и без того крупная голова Никодима выглядела на его плечах как-то уж слишком анатомически неубедительно. Марина старалась не смотреть на его худенькие, густо покрытые серым пухом колени, не замечать щенячьей жалобности в близоруких глазах, не слышать его несвязного и неуместного в такие минуты благодарного бормотания...

Несмотря на обделенность какими бы то ни было творческими способностями, Марине страстно хотелось ощущать причастность если не к искусству, то хотя бы к людям искусства. «Дорогая, таким как вы незачем творить, ваше призвание — быть музой творца...» Поэтому она старалась не пропускать значимые культурные события и художественные вечеринки, а Никодим послушно сопровождал ее, хотя и без особого удовольствия. К музыке он был не то чтобы вовсе глух, но, как считала Марина, в целом недостаточно эмоционально расслаблен для любого абстрактного восприятия. По той же причине он совершенно не признавал авангардистских течений в живописи, ценя исключительно мастерство, а идеологическую часть считая игрой небольшого ума и предметом для пустой болтовни. Из новомодных течений он горячо поддерживал лишь функциональные идеи Баухауса, был поклонником Адольфа Мейера и верил в то, что изобразительное искусство в будущем будет полностью вытеснено индустриальным дизайном. Тем не менее он снисходительно относился к Марининой пылкой вовлеченности в рассуждения о современных задачах изобразительного искусства, о метафизической составляющей процесса творчества... И даже позволил повесить в их скромной гостиной миниатюрную абстрактно-экспрессионистическую композицию, неудачное подражание Кирхнеру, — «Портрет дамы в оранжевом», подаренное Марине уже давно не подающим никаких надежд художником Крашевичем ко дню ее рождения и посвященное ей, о чем свидетельствовала подпись в правом нижнем углу. Никодим не находил абсолютно никакой связи изображения с женой, даже на метафизическом уровне, если не считать того, что у Марины действительно имелось ярко-апельсиновое шелковое платье с вышитыми по диагонали ориентальными мотивами, намек на которые слабо просматривался в геометрическом хаосе портрета.

Иногда Марина, категорически отвергавшая превосходство материального начала над духовным, принималась было спорить с Никодимом, называя его безнадежным рационалистом, но, неизменно обезоруженная его покорно-нежной улыбкой, прекращала спор, целуя мужа в щеку.

Их называли «милейшей четой Эттингеров», что немного раздражало Марину; в этих словах ей часто слышалась либо легкая ирония, либо интонационная незавершенность, будто подразумевавшая некое «но». В отличие от мужа, Марина улавливала малейшие оттенки и скрытые подтексты услышанных слов, читала в мимолетных взглядах то, что для Никодима оставалось незамеченным.

«Such a waste of beauty!» — фраза, как-то раз недостаточно тихо сказанная пьяным пышноусым господином, кажется, американцем, вслед прошедшим мимо Эттингерам, обожгла Маринин затылок и противной горячей слизью стекла по позвоночнику. Ранее за столом этот тип смотрел на Марину с таким же неприкрытым вожделением, как на лежавшую перед ним телячью котлету. Никодим, по своему обыкновению, ничего не услышал. Даже в самой шумной компании он умудрялся подобно моллюску прятаться в скорлупу своих мыслей, где ему было гораздо комфортнее, чем в бурлящей какофонии чужих слов. Непостижимым образом он не замечал нечистых взглядов, которыми мужчины опутывали его жену, ему незнакомы были муки ревности, также не свойственно ему было и гордое тщеславие собственника, присущее мужьям ослепительно красивых женщин. Нельзя сказать, что Никодим не замечал прелести жены, но он относился к ней, как к красоте подаренного ему причудливого цветка, — с благодарным и спокойным восхищением.

За два года столичной жизни Марина почти научилась сохранять невозмутимость в подобных ситуациях, лишь крепче сжимая руку мужа... Молодая женщина гордилась собой, так как эту способность считала одной из самых необходимых для гармоничного существования в обществе.

* * *

Константина Ройсса Марина впервые увидела в марте 1923 года в гостях у бывшей балерины Гуреевой. «Новая звезда... Так молод, а уже три выставки в Париже... Рецензии в Les Annales, Berliner Morgenpost... Блестящие отзывы критиков... Умопомрачительно талантлив, умен и опасен как черт...»

При первом же взгляде на Ройсса, стоявшего чуть поодаль в окружении четырех молодых дам, Марина неожиданно для себя была больно ранена мыслью, что мужчина может быть одарен, умен и при этом так безудержно, так бесстыдно, так ошеломляюще красив! Она попыталась защититься от этой боли, предположив какой-нибудь скрытый дефект, тайный порок, что-нибудь чудовищное, что смогло бы уравновесить эту вопиющую несправедливость, но воображение Марины отказывалось ей помогать.

Боль стала невыносимой, когда Марина укололась о неожиданный взгляд Константина, восхищенно-изучающий, цепкий... Темные глаза мужчины словно выпустили многочисленные щупальца, щекочущие, бархатные... Марина тогда не придумала ничего лучше, чем просто сбежать с вечеринки, пожаловавшись Нике на внезапную головную боль. Хотя она и старалась тогда не встречаться с Ройссом глазами, не смотреть в его сторону, но почему-то после этого вечера хорошо помнила его крупный нос, линию бровей, ассиметричную сумрачную улыбку, жестко вылепленные руки с гранеными пальцами, бирюзово-серый шелк галстука, темный от щетины кадык, падающую на лицо прядь волос, изгиб ушной раковины...

С тех пор, оказываясь с ним в одной компании, Марина продолжала избегать знакомства, благо, компании всегда были достаточно многолюдными, и в опасный момент сближения можно было увернуться, нырнуть в толпу, вступить в подвернувшуюся беседу. Но как бы искусно Марина ни лавировала, она почти всегда ощущала на себе его взгляд.

Как-то раз она буквально наткнулась на Константина в крутящейся двери кондитерского магазина. Марина поблагодарила дверь за ее непрерывное одностороннее движение, не позволившее Константину, который, кажется, все же заметил ее (или не заметил?), сразу же подойти, если бы он захотел это сделать. Марина бросилась вглубь магазина, злясь на свое смятение. Отойдя на «безопасное» расстояние, она обернулась и увидела Константина по другую сторону витринного окна. Он был не один, высокая красивая дама в кремово-желтой шляпке сняла перчатку и изящно, двумя пальцами вынула из протянутой Константином коробки в виде золоченого сундучка марципановый шарик.

Марина, предпочитавшая марципану шоколад, все же поддалась необъяснимому (потому что она отказывалась его объяснять) порыву, отыскала точно такой же сундучок, заплатила и, удостоверившись, что мужчина и его спутница удалились, покинула магазин.

За ужином Марина заговорила о Константине с Никодимом, чтобы хотя бы немного размотать огромный клубок мыслей, образовавшийся вокруг образа красавца художника. Глядя в тарелку и пряча непривычные модуляции своего голоса за усиленным перестуком ножа и вилки, спросила, что муж думает о его работах. Сама Марина была в восторге от ненарочитой и диковатой декоративности, проступающей сквозь выверенную композиционную структуру, как тропическая трава, рост которой нельзя удержать даже каменными плитами. В каждой картине Марина видела буйную экзотическую чувственность Константина, его полотна удивляли, тревожили, манили… Как неожиданно открывшиеся взору древние ворота в зарослях непроходимых джунглей. Марина мысленно называла его живопись «бескрайним пространством, куда не ступала нога человека». Она немало успела услышать восторженных отзывов о художнике, но сейчас ей хотелось, чтобы Никодим равнодушно пожал плечами или сказал что-нибудь снисходительное, что-нибудь, что позволило бы немного пошатнуть пьедестал «гениального Ройсса». Однако муж, как и все, дал высокую оценку живописи Константина, назвав ее «метафоричной в хорошем смысле этого слова», хотя и добавил что-то про «излишнюю и не всегда обоснованную новомодную вычурность, которой, впрочем, грешат многие современные живописцы».

— Тебе же никогда не нравился символизм, не так ли? — чуть раздраженно спросила Марина.

Никодим принялся было шутить о благотворном влиянии любимой жены и о своей борьбе с собственной закостенелостью, но Марина вдруг резко прервала разговор, пожаловавшись на усталость, и покинула гостиную.

Затворив за собой дверь спальни, женщина вынула из темных запретных глубин свой маленький, добытый, как ей казалось, не вполне честным путем клад — золоченый сундучок. Опустилась в кресло и раскрыла его. Она всего лишь хотела ощутить вкус сластей, которыми одаривал незнакомку Константин. Разве есть что-нибудь порочное в том, чтобы представить смуглую, со штрихами въевшейся краски в сгибах пальцев руку, протягивающую конфету. Марина закрыла глаза, отправила лакомство в рот и задержала пальцы у рта. Провела ими по губам. Это движение вызвало приступ мучительной нескончаемой неги, незнакомой, невыносимой, безысходной… завершившейся в конце концов обильными слезами.

На следующий день все повторилось, и Марина впервые с ужасом осознала мощь этой лавины, остановить которую ей, хрупкой женщине с неискушенным сердцем, вряд ли окажется под силу.

— Ты полюбила марципан? — спросил Никодим, обнаружив на прикроватной тумбочке почти опустошенный сундучок.

— Да. Полюбила.

* * *

Ничего не подозревавший Никодим тревожился; во внезапно появившейся Марининой отрешенности, в ее ставших регулярными отказах от супружеских ласк, в замедленных движениях прекрасных рук, в по-новому опущенных глазах и незнакомых до сих пор томных изгибах ее тела ему чудилась какая-то скрытая хворь. Но идти к врачу Марина отказывалась.

«Милейшая чета» по-прежнему принимала приглашения на приемы и домашние посиделки, посещала выставки, но каждый раз, когда в числе гостей оказывался Константин Ройсс, Марине все хуже удавалось сохранять хладнокровие. Встречаясь взглядом с художником, она отворачивалась слишком поспешно, и чувствовала, как приливает жар к лицу от мысли, что эта поспешность выдает ее волнение. Марина понимала, что ей не удастся вечно избегать знакомства; при каждой встрече Константин почти все время, если рядом с ним не было очередной льнувшей к нему подруги, держал Марину на поводке своего взгляда…

После одной из таких встреч Марине приснился сон, при воспоминании о котором в течение следующего дня ее то и дело накрывала волна блаженного стыда. Осыпавшаяся поутру шелуха казавшихся во сне вполне убедительными оправданий происходящего, как, например, мимолетное явление ряженого буддийским монахом Никодима на мизансцене сна или мудреная цепочка неизбежностей, рождающихся одна из другой по принципу матрешки, оставила в памяти лишь беззастенчивый в своей прозрачности, яйцеобразный кристалл совершенного греха.

Из снесенного сном яйца вылупилась адская птица — навязчивая яркоперая фантазия, поселившаяся в сознании Марины и с той поры мучившая и услаждающая ее и днем, и ночью.

В этой фантазии все было вымышленным, даже она сама. Она входила в эту выдумку, оставляя себя настоящую, как пальто в передней. В карманы пальто легко, как перчатки, складывала последние три года: замужество, виновато-извиняющиеся ласки мужа, идеально чистую квартирку с угрюмым, так и не приученным к музыке роялем, свою гордую безупречность, чистую и благородную жертвенность, своего заботливо выращенного, маленького и тихого гомункула — любовь к Никодиму.

В этой выдуманной реальности она позволяла себе быть другой: дерзкой, немного развязной, «Ах, голубушка, благопристойность нынче не в моде», не отводящей глаза в сторону от взглядов окружающих, когда подвыпивший пожилой пианист Фридрих вспоминает очередной «непридамский» анекдот, в котором все скабрезности он неумело подменяет намеками, тем самым только усиливая непристойность; не отвечающей скромной и отстраненно-снисходительной улыбкой на слишком продолжительные мужские рукопожатия и чересчур пристальные взгляды… Здесь, в доме Константина, куда она попала почти случайно, Марина громко смеялась, смело отвечала взглядом на мужские взгляды, чуть удивленно поднимая бровь и улыбаясь той особой улыбкой, которой так искусно владеют столичные красавицы: противоречивое сочетание предложения игры и предупреждения о возможном отказе, туманного «да» и столь же неочевидного «нет». Она входила в гостиную и садилась прямо напротив Константина, чтобы можно было легко почувствовать его взгляд сквозь слегка опущенные к столу ресницы. Марине было приятно некоторое время делать вид, что она не замечает его, усыпить его осторожность, и тогда быстро поднять глаза, ненадолго задержать взгляд в этом взаимообжигающем сцеплении, и снова отвести, будто и не было вовсе этого короткого тайного сговора.

Когда ужин закончен и перезвон столового серебра сменяется бархатным звуками граммофона и переплетающихся причудливыми партиями голосов, общую тональность которых немного снизило шампанское… Когда один из гостей, моложавый брюнет, подчеркнутый артистизм в одежде которого лишь подчеркивает его бесталанность, упоминает последнюю серию работ Нольде, слишком прямолинейную и предсказуемую на его взгляд… А чудак Казанцев заводит свой нескончаемый монолог о проблемах рефлексивной координации сиамских близнецов… Марина неспешно проходит по гостиной, рассматривая серо-голубые литографии Константина под обстрелом его будто бы оставшихся незамеченными ею взглядов, а затем как бы нечаянно приближается к нему.

Она больше не думает о том, что заговаривать первой — слишком вызывающе. Больше того, в последнее мгновение она решает, что не скажет

ни слова о его работах. Это притушило бы вызов… Она вступит в игру не исподволь, а открыто, ее атака будет неожиданной и сокрушающей.

Она подходит к Ройссу на пару дюймов ближе, чем женщине следует подходить к мужчине, с которым она пока не успела обменяться ни словом, чуть вытягивает подбородок по направлению к его уху.

— Если вы будете продолжать так смотреть, к концу вечера от меня останется лишь горстка пепла.

Реальной Марине, не обученной тонкостям столичного флирта, эта фраза представляется верхом дерзости и даже порочности, но Марина выдуманная произносит ее спокойно и неторопливо, изящно поместив между двумя глотками шампанского. Произнеся ее, она тут же уходит, успев все же насладиться его смятением, дрогнувшей в пальцах сигаретой. Она знает, ему понадобится не больше нескольких секунд, чтобы справиться с волнением, ведь он не мальчишка, он матерый волк.

Она чувствует спиной его приближение, затем касание его руки в том месте, где вырез платья обнажает выступ лопатки, его дыхание, тончайшим шарфом обернувшее ее шею…

Он говорит что-то незначащее, говорит не ей, а тем, кто стоит рядом, что-то отвлеченное, отвлекающее от назревающего его и ее совместного побега из гостиной. Затем берет ее за руку и незаметно для окружающих вытягивает из облака дыма и паутины голосов, ведет вверх по лестнице в полумрак, в волнующий полузвук: нежное шелковое шуршание, постанывание ступеней под двумя парами ног…

Поворот ключа в двери спальни со звуком захлопнувшейся западни — завершающий аккорд прелюдии, сожжение последнего моста, по которому можно было бы вернуться. Эта неизбежность, этот не подлежащий обжалованию приговор, который она читает в глазах Константина, осознание того, что теперь от нее ничего больше не зависит, что она целиком во власти этого мужчины, доводят ее возбуждение до ранее незнакомых ей глубин…

— Как получилось, что вы до сих пор не знакомы? — вопрос из-за спины, пробившийся сквозь уже изрядно заезженный регтайм Конфри заставил Марину обернуться. — Константин, неужели вас еще не представили нашей очаровательной…

Прямо перед Мариной рядом с хозяйкой дома, поэтессой Верой Крыловой, стоял он, так близко, что Марина мгновенно оказалась запутанной в силках этой ароматной табачной близости, пойманной его рукопожатием, связанной его голосом, нанизанной на иглы его зрачков.

— Да, конечно… наслышана… очень приятно…

Бедная пташка Марина билась о стенки ловушки, пока наконец не пришло спасение в лице Никодима. Обменявшись с Константином парой фраз, Никодим поблагодарил за приглашение на прием, который Ройсс устраивал для тесного круга друзей и где собирался представить новую живописную серию. Пообещал, что они с Мариной непременно будут.

А перед самой вечеринкой Никодим пожаловался на плохое самочувствие и настоял, чтобы Марина отправилась к Ройссу без него.

Темно-изумрудный шелк платья, матовый фарфор плеч, оттененные темным серебром глаза, узкие запястья, одно из которых обвивает браслет — печально изогнутое павлинье перо… «Ах, Мариша!» — вздох Никодима. Всплеснул руками, улыбнулся…

Марина поцеловала мужа в лоб.

— Похоже, у тебя начинается жар. Хочешь, я останусь?

— Ни в коем случае. Ступай, ступай…

В его глазах — восторженная обреченность, блеск на грани слез, совсем детских, счастливых… Которые вот-вот обратятся горючими. Или это только кажется Марине? Возможно, виноват тусклый свет лампы в гостиной, разбавленный розовыми лучами заката, пробивающимися между шторами…

* * *

Константин стоял в центре гостиной, захваченный в плен диалога Казанцевым, похоже, уже в который раз мусолившим навязшую в зубах тему коллективного бессознательного…

Увидев Марину, Ройсс почти так же, как Никодим, в восхищении приподнял руки, но в его жесте не было Никиной суетливой поспешности, руки Константина не упали, а застыли на секунду в скульптурном совершенстве.

Извинившись перед Казанцевым, он поспешил к Марине.

— Вы не представляете, как я рад вас видеть.

Хозяин дома должен был бы спросить, все ли в порядке с мужем, или хотя бы отметить его отсутствие, но Ройсс не сделал этого. Ухватив лишь краешком сознания это нарушение приличий, Марина в тот же момент забыла о нем. Муж, как в том памятном сне, — удалился в оранжево-розовое марево буддизма, нечетким пятном затерялся в абстрактном хаосе, служившем лишь фоном для детально выписанного образа Константина.

— У вас чудесный дом, — все, что смогла сказать в ответ Марина.

— Вы сегодня по-особенному хороши. Что-то в вас изменилось…

Он взял ее за плечи и немного отстранился, вглядываясь… Марина смутилась, но внутренне улыбнулась: художнику позволено то, что для других под запретом.

— Вижу. Ваш ангельский внутренний свет сегодня превратился в священный огонь!

Легкая ирония в ассиметричной улыбке, уравновесившая высокопарность слов, искреннее восхищение во взгляде, едва заметное волнение в пальцах, тронувших обнаженное плечо… Ройсс держался с Мариной так непринужденно, будто они были знакомы много лет.

Новая серия работ была выполнена в желто-лиловых тонах и представлена в соседней с гостиной просторной комнате, специально оборудованной под выставочный зал. Перед работами уже собралось немало гостей. К Константину без конца подходили, жали руку, горячо поздравляли, восторгались… Он отвечал, благодарил, но от Марины не отходил, то и дело беря ее за руку, как ребенка, которого боятся потерять в толпе.

Разумеется, выставка была прекрасной, но Марине не удавалось сосредоточиться на живописи. От ярких всполохов, саксофоно-какофонии, близости Константина кружилась голова… Уловив Маринино волнение, он взял ее за локоть и вывел из зала.

— Пойдемте. Хочу вам показать «Возвращение в Рай» — шепнул, наклонившись к ее уху.

Дорога в Рай пролегала через Чистилище гостиной, затем по тернистому коридору… Достаточно длинному, чтобы успеть покаяться в еще не совершенном грехе. Перед дверью в эдемово-неведомое, которую Марина никогда раньше не видела, но мысленно открывала тысячи раз, она успела подумать, что это именно та дверь, за которой «человек теряет право молиться за себя, потому что время его покаяния истекло, и теперь за него могут молиться перед Богом только другие…»

— Эту работу пока не видел никто, она еще не успела просохнуть. К новой серии она не имеет отношения. Это полотно самодостаточно.

Дверь открыла пространство обычной живописной мастерской, прелестной в своей пятнистой неряшливости. С волнующими запахами: красок, обнаженных тел натурщиц, запретных плодов…

Картина стояла у стены, в тени от мольберта с чистым холстом. Константин поднес ее к свету, и Марина увидела женскую фигуру, проступающую сквозь орнаментальную путаницу из расплывчатых бликов, растений, невнятно метаморфизирующих в человеческую плоть, плодов, формирующихся в некие многозначные символы… Женщина была похожа на Марину, но сколько же в ее лице было открытой страсти и нежности! Глядя в упор на Марину, она искушала, заражала или заряжала ее своей колдовской силой.

— Никогда не видела ничего более... эротично-го. Почему «Возвращение в Рай»?

— Рай, не как место, а как ощущение, — это апогей чувственности. Он не в самом грехопадении, которое, как известно, повлекло за собой потерю Рая, а в ожидании, предвкушении так называемого греха.

— Хотите сказать, что наши фантазии более чувственны, чем реальность?

— Если фантазии заставляют вас испытывать сильные чувства, чем они отличаются от реальности?

— Вы упомянули потерю Рая. Не верите в вечную любовь?

— В вечном нет ничего ценного. Ведь и мы не вечны. Все самое прекрасное — мимолетно.

— По-вашему нужно давать волю мимолетным чувствам? Разве это не опасно?

— Не следует опасаться собственных эмоций.

— А чего же следует бояться?

— Самообмана. Ничего нет страшнее, чем усеченная душа, втиснутая в некое прокрустово ложе.

Ройсс взял с полки какой-то предмет и протянул его Марине.

— Обточенный в форме ракушки коралл. Храню его, как символ смыслового небытия: предмет, затерявшийся между двумя значениями: утраченным старым и так и не приобретенным новым. Ложная форма, наполненная обманным содержанием...

Звуки диалога еще оставались звуками, но уже начали свою трансформацию, становясь осязаемыми, как прикосновения рук. До грехопадения оставалось еще несколько секунд, которые понадобятся Ройссу, чтобы отложить в сторону символ небытия и сделать два шага по направлению к Марине, но неизбежность его уже была кристально ясной. Противостоять ей было невозможно, даже если бы Марина захотела...

Как мало мы знаем о неизбежности! Необъяснимое стечение обстоятельств, иногда мельчайших, ничего не значащий по-отдельности, способно разбить самой прочный кристалл происходящего, предотвратить неотвратимое, отнять еще не приобретенное...

Слишком короткий Маринин первый и последний страстный поцелуй спугнул стук в дверь.

«Простите... Кажется, срочное... Госпоже Эттингер телефонировали... — Не знаю... Что-то с мужем...»

Как оказалось, Никодиму к ночи стало совсем худо. Вечерняя одышка перешла в непрерывный кашель... Он успел вызвать доктора и попросить сообщить жене, после чего впал в бредовое состояние из-за сильнейшего жара. Доктор констатировал опасную форму крупозной пневмонии. «Не убивайтесь так, милая, при надлежащем уходе шанс выздоровления есть...»

Марину накрыла волна страха и тяжелейшее чувство вины.

Да-да, виной всему ее предательство...

Но ведь Никодим заболел раньше, чем она отправилась на вечеринку...

Неважно, она не должна была оставлять Нику...

Всего лишь поцелуй, ведь больше ничего не было...

Было, было, в ежедневных мыслях, в снах. В жизни это просто не успело случиться...

Успело или нет, это ничего не меняет. Путь к предательству заложен был уже давно, в день, когда она впервые увидела Ройсса. Она сама выложила этот путь, выстлала его своими порочными фантазиями...

Марина знала: если Ника умрет, чувство вины больше никогда не оставит ее.

Всю последующую неделю она ухаживала за мужем. Плакала, каялась, молилась... И клялась, что если все обойдется, она будет хорошей верной женой.

На восьмой день болезнь начала отступать.

Никодим поправился, и Марина не забыла о своем обещании. Она перестала посещать выставки и богемные вечеринки, а еще через год родилась Эрика, розовый шелковый младенец, на которого Марина обрушила нерастраченную лавину любви, направив ее в материнское русло. Когда Эрика подросла, стало ясно, что она не унаследовала ни материнской красоты, ни отцовской тяги к знаниям. Девочка была замкнутой и не проявляла по отношению к родителям особого душевного тепла, но Марина продолжала любить ее цепкой и ревнивой любовью, выискивая в обожаемом чаде скрытые таланты, мучая то русской литературой, то уроками живописи, нанимая бесконечных репетиторов и придумывая для дочери сценарии светлого будущего...

Карьера Никодима неуклонно шла вверх до тех пор пока великая национальная идея не смешала все карты. Незадолго до военного конфликта с Россией, Марина и Никодим вместе с пятнадцатилетней дочерью покинули Германию и переехали в Америку. Семья поселилась в Рочестере — быстро развивающимся промышленном центре, где Никодим без труда нашел работу в компании «Оберн Беринг».

Великую депрессию сменял индустриальный бум. Всемирная выставка «Мир завтрашнего дня» потрясла Никодима, он только и говорил, что о семимильных шагах технического прогресса, о том, что в ближайшем будущем в каждом американском доме будет установлен аппарат телевещания…

Никодим с головой погрузился в новую работу, Марина еще активнее занялась воспитанием Эрики, а Эрика все активнее начала ему сопротивляться. Маринина мечта о Колумбийском университете для дочери разбилась вдребезги, когда девчонка, едва достигнув восемнадцатилетия, сбежала в Калифорнию с весьма немолодым кинорежиссером с дурной репутацией. Марина поначалу тяжело переживала бегство дочери и полное крушение материнских надежд, но со временем научилась утешать себя мыслями о выполненном материнском долге и о том, что Эрике, возможно, вполне хватает для счастья страстной любви.

Через несколько лет после окончания войны похорошевшая меланхоличная Эрика вернулась в Рочестер, где постепенно погрузилась в глубочайшую депрессию. Не найдя общего языка ни с отцом, которому были чужды антиматериалистические идеи, ни с матерью, которая продолжала цепляться за ценности, утратившие смысл в среде нового «разбитого» поколения, двадцативосьмилетняя Эрика навсегда покинула родителей, на этот раз уехав в Нью Йорк, где увлеклась Керуаком и бензедрином…

На американской земле Маринины берлинские увлечения искусством забылись и уступили место благотворительной деятельности. Вместе с двумя новыми подругами она устраивала небольшие ярмарки, средства от которых шли на помощь жертвам то одной, то другой войны.

Марина осталась верна своему обещанию. Все больше проникаясь буржуазной идеологией пятидесятых, она находила радость и удовлетворение в осознании своего абсолютного соответствия эталону американской жены.

Эталоны имеют свойство меняться с течением времени, но совместная жизнь Марины и Никодима до самого конца оставалась неизменной. По выходным милейшая чета Эттингеров неспешно прогуливалась по тропинкам городского парка. При виде знакомых Марина по привычке брала руку Никодима в свою и дарила мужу свою самую лучезарную улыбку. Ее оставшаяся изящной фигура и почти не тронутое временем редкой красоты лицо еще долго заставляли оборачиваться прохожих. При встречах со знакомыми Марина делала все, чтобы ни у кого не возникло сомнения в том, что она в полной мере счастлива.

Только изредка аромат цветущей вишни, перезвон трамвая или мелькнувшее в толпе лицо вдруг по хаотичной цепочке мыслей приводили ее куда-то вглубь памяти, обжигали образами берлинской весны двадцать третьего года — и сердце болезненно сжималось… Не столько от воспоминаний, сколько от чувства невосполнимой пустоты. В эти минуты Марина мысленно возвращалась к краю той бездонной и прекрасной пропасти, в которую ей так и не посчастливилось упасть.

Litsvet

Анна БЕРСЕНЕВА
(Татьяна СОТНИКОВА)

Писатель, сценарист, литературный критик. Окончила факультет журналистики Белорусского государственного университета и аспирантуру Литературного института им. А. М. Горького (Москва) по специальности «теория литературы». Кандидат филологических наук, в 1990–2020 годах — преподаватель и доцент кафедры художественного перевода Литературного института им. А. М. Горького. С 2022 года — профессор Свободного Университета. Многочисленные критические и литературоведческие статьи опубликованы в литературной периодике (журналы «Континент», «Знамя», «Вопросы литературы», «Литературное обозрение» и др.), в энциклопедических изданиях («Русские писатели XX века» и др.) и других медиа. Автор монографий о В. Маяковском и А.Чехове. Книжный колумнист газеты «Новые Известия». Под псевдонимом Анна Берсенева издано 45 книг в жанре психологического романа общим тиражом более пяти миллионов экземпляров. Романы переведены на болгарский и словацкий языки. Пятнадцать книг экранизированы по авторским сценариям. Член PEN-International и ПЭН-Москва. С 2020 года живет в Германии.

БЕРЛИНСКИЕ СОЛОМИНКИ
Отрывок из еще не опубликованного романа

На Рождество запекли огромного гуся с яблоками. Правда, он выжарился так, что исхудал наполовину, как разочарованно заметила Катя. Но и исхудавшего гуся было слишком много, потому что Север категорически отказался его есть, родители Томаса приболели и сказали, что придут в гости не на Рождество, а на Новый год, Тася нервничала перед отъездом и у нее не было аппетита, Антон выглядел мрачным и больше пил, чем ел, а Томас, Оля и Катя втроем гуся не осилили.

— Мы какие-то все-таки недоделанные, — сказала Тася.

— В каком смысле? — не поняла Оля.

— Раньше, наверное, люди знали, как Рождество праздновать. Хороводы водили или что там. Немцы так уж точно.

— Вряд ли немцы водили хороводы, — усомнилась Оля.

— Ну, хороводы — это я для примера. Что у вас на Рождество делали, Томас?

— У нас в поселке? Напивались до поросячьего визга.

— Все, что ли?

— Не все. Но большинство.

В камине громко выстрелило полено, искры полетели в экран. Этот каминный экран, латунный, тяжелый, с фигуркой единорога посередине, был похож на веер и веером же складывался. Тася считала, что это натуральный стимпанк, но хозяйка антикварной лавки на Суарецштрассе, когда Оля показала ей фотографию каминного экрана, уверила ее, что это восемнадцатый век. Обнаружился экран там же, где и столы, — в подвале. Трубочист сказал, что камином не пользовались очень давно, потому и экран не требовался.

Томас поворошил дрова кочергой. В мерцании рассыпающихся углей была радость. Каждый раз, когда догорали дрова, Оля думала об этом. И о том, что радость уже была в этом доме, а с нею и Томасом не появилось ничего.

Фамилия прежних владельцев была написана на латунной табличке, сохранившейся у двери, и перед фамилией значилось, что глава семьи был университетским профессором. В хозяйственном шкафу сохранились тетради, исписанные убористым женским почерком. Одна была заполнена семейной хроникой: родился, женился, купил собственный дом. Оля читала эту хронику, когда выдавалось время, и пыталась представить всех этих Мартинов, Лотт и Герд, но они оставались для нее абстракциями, и даже их внешность не рисовало поэтому ее воображение, и безразлично ей было, что с ними происходило. Во всех других тетрадях велся учет, сколько куплено сахара, сколько чая-кофе и прочих продуктов. Разбирать эти записи не было необходимости. Тем более что они были сделаны готическим курсивом, который не очень и разберешь.

— Дети — спать! — сказал Антон. — А то утром не добудишься вас, на рейс опоздаем.

— Какие еще дети? — возмутилась Катя. — Пусть Север спать идет!

Она уже выбралась из-за стола и листала у себя в смартфоне ТикТок, лежа на ковре перед камином. Тася мрачно смотрела перед собою и не обратила внимания на ее возглас. Антон, может, и обратил бы, но не успел, потому что раздался звонок в дверь — явление немыслимое в груневальдский Рождественский сочельник.

— Мама, это Санта? — оживился сонный Север. — Он принес еще один подарок? — и, увидев, что Томас идет к двери, спросил: — Томас, можно мне пойти с тобой открывать ворота?

— Конечно.

Томас взял Севера на руки, и они скрылись за широкой распашной дверью, ведущей из столовой в прихожую.

И вскоре вернулись вместе с человеком, на которого все посмотрели с недоумением.

— Тим! — Оля узнала его первой. — Ты откуда взялся?

— Оля, извини, — сказал он. И, спохватившись, добавил: — Все здравствуйте и с праздником. Извините, что я без предупреждения, ну то есть без спросу. У меня в телефоне все стерлось, поэтому не мог позвонить.

— Почему я не удивлена? — заметила Тася.

— О, Тася! — Кажется, Тим обрадовался, что в рождественский вечер свалился на голову не одной только Оле, а сразу нескольким знакомым людям. — Не знал, что ты здесь.

— А если б знал? — тут же спросила она. — Это что-то изменило бы?

— Боюсь, нет, — вздохнул Тим.

Оля улыбнулась. Вздох у Тима был точно такой, как во время уральского похода, когда он упустил веревку и байдарку пришлось ловить на середине Чусовой. Или когда забыл помешать кашу в котелке над костром и гречка превратилась в угли. Можно было вспомнить еще что-нибудь в этом духе, и не только об уральском походе, но и, например, о школьной поездке в Австрию, когда Тим зачитался газетой в венском кафе, а все думали, что он потерялся в городе, или о запуске фейерверков во дворе гимназии после новогоднего вечера… Таких, как он, нескладных и неудачливых, называют омежками. Оля только в Берлине узнала это слово, которое подходило Тимофею просто как имя собственное. Правда, оно означало также и полное отсутствие харизмы, а у Тима глаза были как у ангела, и это делало его длинноносое лицо харизматичным.

— Садись за стол, Тим, — сказала Оля. — Поешь и расскажешь.

— Гуся доедай, а то в нас уже не лезет, — не вставая с ковра, любезно предложила Катя.

— Гуся, к сожалению, не могу, — Тим улыбнулся. — Я вегетарианец, — и добавил извиняющимся тоном: — Не беспокойтесь, я не голодный.

— Для таких, как ты, тоже есть.

Тася кивнула на мраморную доску с сырами и на блюдо с баклажанными рулетами, за которыми Томас съездил для Севера в грузинский ресторан в Пренцлауэр-Берг.

Тим положил куртку и рюкзак на пол у двери и сел за стол на Катино место. Оля поставила перед ним чистые тарелки.

— Мне пришлось покидать Москву второпях, — невпопад сказал он.

— Неужели? — хмыкнула Тася. — Надо же, как оригинально.

— То есть я и так собирался уезжать. Еще в феврале, потому что… Ну, понятно почему. Но подвернулась работа, и я решил остаться на пару месяцев. Тем более в феврале и денег совсем не было.

— Как же ты без денег думал уезжать? — спросил Томас.

— В феврале дело было не в деньгах, и я о них не думал, — Тим ответил с той бесхитростной серьезностью, с которой когда-то объяснял Палычу, почему забыл дома спальный мешок. — Но пришлось взглянуть на вещи трезво.

— А какая работа подвернулась? — спросил Антон.

— Писать контент для сайта.

— Не мешки ворочать, в общем, — заметила Тася. — Кто бы сомневался.

Оля взглянула на нее с недоумением: почему Таська злится на Тима? Тот ведь, кажется, филолог — что еще он мог бы делать? Только что-нибудь писать.

Тим, впрочем, не обратил на Тасин тон внимания.

— Да, — кивнул он. — Платили неплохо, и я откладывал на релокацию.

— А что за сайт? — снова спросил Антон.

— Да казалось, обыкновенный.

— А оказалось что?

— Оказалось, оппозиционный.

— Блин! — воскликнула Тася. — Оказалось!.. А сразу ума не хватило понять?

— Конечно, я видел, что сайт антивоенный, — ничуть не обидевшись, ответил Тим. — Но ничего чрезвычайного в этом не находил. Я лично не знаю ни одного человека, кто за войну. Что особенного?

— Повезло тебе, — сказал Антон, — что сразу не посадили.

— Да, — согласился Тим. — Даже звукорежа нашего арестовали, хотя он просто за пультом работал. А мне ночью монтажер позвонил, сказал, что ждет в аэропорту Жуковский, летим в Ургенч, а дальше видно будет.

— И как ты из Ургенча в Берлин попал?

В голосе Томаса слышалось раздражение. То есть другие, скорее всего, этого не слышали, но Оля-то различала все его интонации. Черт знает что! Почему у таких разных людей, как Томас и Таська, вызывает неприязнь такое безобидное создание, как Тим?

— Наш шеф-редактор добился, чтобы нам всем дали гуманитарные визы, — Тим, конечно, интонаций Томаса различать не мог, поэтому просто ответил на его вопрос. — Даже мне. Хотя я, в общем-то, попал к нему на работу случайно. В основном визы дали литовские, а мне немецкую. Из-за языкового диплома.

На немецкий языковой диплом все они сдавали экзамен в выпускном классе. Их гимназия считалась лучшей в Москве по немецкому языку, да и не считалась, а действительно такой была, и сложный экзамен в Гете-институте сдала даже Таська, не отличавшаяся прилежанием.

— Но когда мы улетали, — объяснил Тим, — пришлось чистить телефон. Потенциально опасную информацию. И я случайно стер всю. Поэтому не мог узнать твой телефон, Оля.

— Хорошо, что ты нас нашел, — сказала она. — Хотя, честно говоря, не понимаю как.

Конечно, все они встречались то на репетициях школьного театра, то в турклубе, то еще где-нибудь, но поскольку Тим учился на четыре класса младше, близкой дружбы между ними не было. А после школы Оля вообще видела его лишь пару раз, и то случайно и давно.

— Мне кто-то когда-то говорил, что ты живешь в Берлине на Фонтанештрассе. И я запомнил название улицы, — объяснил он.

— И номер дома? — раздражение сменилось в Тасином голосе интересом. — Тоже запомнил?

— Ты слишком высокого обо мне мнения, — улыбнулся Тим.

— Ой, не обольщайся!

— Номер дома, конечно, не запомнил. Но подумал, что в Рождество все, наверное, сидят за столами, и если я пойду по улице, то, может быть, увижу Олю в окне.

— А ты, оказывается, везучий, — покачала головой Тася. — Никогда бы не подумала.

Оля представила, как Тим, долговязый, нелепый и ангельски бледный, идет по совершенно пустой груневальдской улице и сквозь мерцающие на подоконниках свечные арки и лучистые херренхутские звезды заглядывает в освещенные окна домов. Какой-то посланец волшебного мира!

— Фонтанештрассе есть еще в районе Нойкельн, — сказала она. — Это на другом конце города. Так что ты действительно везучий.

— Не думаю, — ответил Тим. — Но на этот раз мне повезло.

Он положил себе на тарелку маленький баклажанный рулет и отрезал ломтик сыра.

— Слушай, не выпендривайся, а? — глядя на его манипуляции, сказала Тася. — Ешь гуся, а то в голодный обморок упадешь.

— Не упаду, — Тим, видимо, сообразил, что выглядит как сиротка, приглашенный на елку в богатый дом, и это его смутило. — Надо было в аэропорту поесть, конечно. Но я подумал, в городе найду что-нибудь подешевле. Не сообразил, что все закрыто.

— В Берлине закрыто не все, — сказала Оля, — но когда идешь в гости на Рождество, ужинать по дороге совершенно ни к чему. Вон тот салат без мяса. И у нас еще торт-мороженое, его тебе тоже можно.

— Ему и гуся можно, — немедленно отозвалась Тася. — Не врач же вегетарианство прописал.

«Может и врач», — подумала Оля.

Выяснять это не обязательно, но с Таськи станется.

— Обо мне действительно не надо беспокоиться, — сказал Тим. — Сыр очень вкусный, спасибо.

— А куда ты вообще-то должен был приехать? — спросил Антон. — Адрес дали тебе какой-нибудь? Или только визу?

— Адрес дали, — вздохнул Тим. — Но он тоже был в телефоне и тоже стерся.

— Так ты уже в Ургенче, что ли, телефон стирал? — удивился Антон. — Там-то зачем?

— Я из Ташкента вылетал. Но телефон все равно на всякий случай сказали заново почистить. Я как раз в аэропорту все случайно и стер, и уже некогда было восстанавливать. Почту тоже. В ней адрес был, куда в Берлине ехать, контактные телефоны. А немецкой симки у меня еще нет, завтра куплю. И зайду куда-нибудь, где есть вайфай, попробую что-то восстановить.

Неизвестно, почему он не подключился к вайфаю в аэропорту сразу по прилете, из-за обычной своей бестолковости или из-за растерянности от всего, что с ним произошло. Но какая вообще-то разница.

— Салоны связи завтра закрыты, — сказала Оля. — Симку не купишь. Здесь все это вообще труднее, чем в Москве. Но вайфай и у нас есть.

— Так давай я прямо сейчас поищу адрес и пойду, — обрадовался Тим. — Как подключиться?

— Прямо сейчас тебя никто не ждет. И по телефону не ответят, — сказала Оля. Все-таки для общения с ним требовалось некоторое терпение. — В Германии и в обычное-то воскресенье почти ничего не работает, даже в Берлине, хотя у нас тут с этим еще ничего. А на Рождество вообще все вымирает.

— Прилететь в Германию в рождественскую ночь — до такого только ты мог додуматься, — добавила Тася.

— Других билетов не было, — пожал плечами Тим. — Да я вообще-то и не подумал, что она рождественская. Только в городе уже заметил.

— Мог бы и в городе не заметить, — фыркнула Тася.

— Не вижу предмета для обсуждения, — Оля наконец на нее рассердилась. — Выяснять, куда ехать, будем завтра, — и, заметив, что Тася открыла рот, чтобы уточнить, что завтра все будет закрыто точно так же, как сегодня, добавила: — Или послезавтра. Это не имеет значения.

— Ребенок уснул, — сказал Томас. Он сидел на низкой скамейке у камина, держа Севера на руках. — Отнести в кровать?

— Мы все ложимся, — Антон вышел из-за стола и взял у него спящего Севера. — Катерина, кончай в телефон тупить.

Оля пошла с ними. Над комнатами верхнего этажа, где располагалось Таськино семейство, была еще мансарда, и надо было застелить там кровать для Тима.

Тася задержалась в дверях спальни, глядя, как она достает постельное белье из стоящего в коридоре большого комода, и сказала:

— Бедный Томас. Только мы наконец отваливаем — здрасьте, вообще непонятно кто среди ночи явился.

— Во-первых, он не ждал, чтобы вы наконец отвалили, а во-вторых… Зачем бы мне все это, если бы сюда нельзя было явиться среди ночи?

— Вряд ли ты выходила замуж именно ради Тимкиного рождественского явления.

— Это было давно.

— Да, — вздохнула Тася. — Как будто и не с нами, а?

Оля не ответила. Она об этом не думала. И не хотелось ей об этом думать.

Когда, застелив в мансарде кровать, она вернулась вниз, вид у Тимофея был такой же сонный, как у Севера. Мороженое таяло перед ним в креманке. Томаса в гостиной уже не было — наверное, тоже ушел спать.

— Можешь устраиваться, Тим, — сказала Оля. — В мансарде постелено. Ванная и туалет на первом этаже рядом с лестницей. То есть на втором этаже, если по-русски.

— Спасибо, Оля, — пробормотал Тим, — извини, что по-дурацки вышло. Я не должен был так… Стыдно так растеряться.

— Ничего стыдного не вижу, — Оля старалась, чтобы ее голос звучал невозмутимо, но при виде сонного Тима ей с трудом удавалось сдержать улыбку. — Если бы я оказалась ночью в чужом го-роде одна, тоже пришла бы к тебе ночевать. Даже не задумалась бы. И ты не задумывайся.

— Я и так ни о чем не задумывался…

Он взял рюкзак, куртку и поплелся наверх. Его шаги по лестнице были слишком унылы для ангела.

Оля стала убирать со стола посуду. Дом не квартира, можно запустить посудомойку ночью, соседи не предъявят претензий. Но можно это сделать и завтра, и не из-за приверженности к упорядоченному быту она занимается этим сейчас.

Почему появление человека, которого не сразу даже узнала, так ее растревожило? Или растревожило что-то другое — но что?

Она собрала льняные салфетки, сложила в плетеную корзину. Салфетки были старинные, хотя совсем не ветхие и такой тонкой работы, что Оля доставала их только по праздникам и стирала вручную. Они обнаружились в том же шкафу, что и тетрадь с хозяйственными заметками. Каждый раз, доставая их оттуда, Оля думала: были же такие удивительные люди, которые вышивали салфетки шелковой гладью, сложным и тонким орнаментом из васильков и колокольчиков, анемонов, ирисов, крокусов…

Вид этих вышитых цветов всегда ее успокаивал, и в спальню она пришла уже в обычном своем ровном состоянии.

Томас курил на веранде — из спальни тоже был на нее выход. В темноте за стеклянной дверью виден был его силуэт.

— О чем ты задумался? — спросила Оля, когда муж вернулся в комнату.

Изморось серебрилась на его голых широких плечах, на груди. Он и зимой всегда курит на улице — с детства привык к холоду.

— Ни о чем особенном, — Томас пожал плечами. Изморось собралась в капли, и они сверкнули от его движения, как тяжелый расплавленный металл. — Транспортная компания - покупать или нет. Новый объект в Зенфтенберге. Не сказал бы, что задумался. Обычное течение дел.

Обычное течение дел, силуэт мужа в темноте за окном — все это оказывало на Олю не менее успокоительное воздействие, чем цветочные узоры на салфетках.

Она села на кровать, вынула заколку из волос и сказала:

— Мне жаль, что они уезжают.

— Мне тоже, — кивнул Томас. — Не со всяким взрослым так осмысленно поговоришь, как с Севером.

Он замолчал. Оля помолчала тоже, потом сказала:

— Наверное, избирательное сродство — как раз то, что у нас с ними сложилось.

— Что такое избирательное сродство? Какой-то термин?

— Это роман Гете. Но изначально термин, да. Химический. Способность одних веществ в определенных обстоятельствах сочетаться с другими веществами и их соединениями, отдавая им предпочтение перед всеми другими.

— Похоже, — согласился Томас. — Какого черта они в Москву возвращаются, мой разум не постигает.

— Антон считает, там все уже нормально…

— Вот Антон пусть бы и возвращался, если ему там все нормально. А детей можно бы и поберечь.

— Тася не представляет, как ей жить где-то, кроме Москвы. Антон, я так понимаю, тоже.

— Да, оба хороши. Даже этот ваш недоделанный Тимофей более адекватен ситуации.

— Почему он тебе не нравится?

— А почему он должен мне нравиться? Довольно бессмысленное и бестолковое существо. Но хотя бы отвечает только за себя, так что мне до него дела нет.

А до Таси с Антоном дело есть из-за Севера. Понять это не сложно.

— Я лягу, Томас, — сказала Оля. — У них такси рано, завтраком надо накормить.

— Такси я отменил, сам отвезу. Нашлись миллиардеры, зла на них не хватает.

— Тем более давай спать.

Разговор с мужем снова всколыхнул ее волнение, и лишь сплетение шелковых цветов перед закрытыми глазами — васильки, ромашки, вербена, левкои — наконец погрузило Олю в сон.

Алена ДАЛЬ

Родилась и проживает в Воронеже. За плечами два высших образования, журналистская карьера, издательский бизнес, преподавание. Прозаик и публицист, член Союза писателей России. Публиковались в литературных журналах: «Роман-газета», «Москва», «Нева», «Наш современник», «Эдита» (Германия) и других. Автор трех книг прозы: «Хождение по Млечному пути», «Живые души», «Жизнь начерно». Лауреат Германского международного конкурса «Книга Года», дипломант премий им. Абрамова, им. Левитова, им. Куранова, конкурса «Яблочный Спас», неоднократный Лауреат международного конкурса «Русский Гофман». Автор курса лекций «Книги и социум».

СОБАЧЬЯ ЖИЗНЬ

Боль была жгучей, казалось, живот вспороли и обожгли изнутри огнем, и теперь этот огонь изливался липкой струей из утробы на мокрый, наждачный асфальт. Сбивший собаку грузовик не остановился, даже не притормозил, скорее всего шофер и не заметил мягкого удара. Сизая пелена дождя висела над дорогой. Собака с трудом отползла в сторону от визжащих машин, слепящих огней, от железного грохота автострады, спряталась в кустах и приготовилась умирать.

В последние дни она жестоко голодала. Найденные на помойке объедки не спасали от тянущего узла в брюхе, а ведь теперь она должна была есть за шестерых. Собака прикрыла глаза, откинула морду подальше от кровоточащей, пахнущей парным мясом раны и замерла.

В ее предсмертном забытье возникли одно за другим доброе лицо Петровича, хмурая гримаса Антонины Федоровны, молочная улыбка мальчика. Потом длинная череда угрюмых лиц, занесенная над головой палка, пинки, летящие в спину камни, уютный перегар бомжа, разделившего с ней подворотню. Мысли ее уносились еще дальше — она вспомнила теплое, влажное брюхо матери, набухшие черные соски, колкую травинку на языке. Почувствовала тесную толкотню братьев и сестер, воюющих за право поесть и выжить. И снова прищуренные глаза Петровича, его пахнущие табачной пылью руки, колючие валенки в осколках льдинок…

Когда она впервые услышала слово «инфаркт», то подумала, что это одна из новых команд. Ее следует разучить, чтобы унесенный на странной доске с ручками хозяин поскорее вернулся. Но хозяин не возвращался. А собака не смогла понять значения новой команды, хотя слышала ее теперь каждый день. В один из вечеров Антонина Федоровна пришла домой с темным, опухшим от слез лицом. Бросила полный ненависти взгляд на уткнувшуюся в тапки Петровича собаку, схватила за ошейник и выставила за дверь. Без поводка. Сама не вышла. Собака потопталась нерешительно возле двери, не понимая, куда можно идти без поводка, да и без Петровича. Когда они гуляли вдвоем с хозяином у реки, поводок был не нужен. Собака и так шла рядом, отвлекаясь лишь на поручение принести палку, да по своим мелким уличным делам.

Собака под кустом стала крупно дрожать и погружаться в прекрасное неземное тепло, где утихала боль и откуда звал ее, шевеля седыми бровями, Петрович.

— Посмотри, дышит? — незнакомый голос нарушил вязкую тишину забытья.

Чьи-то руки тронули бок. Острая боль вновь пронзила тело — собака вздрогнула.

— Да она вся в крови, — луч фонарика чиркнул по ране, — но вроде жива, — пальцы на миг замерли на ее шее. — Сейчас что-нибудь принесу, — один из спасателей удалился.

Собака разлепила тяжелые веки и, блеснув белками, поглядела снизу вверх.

— Потерпи, миленькая, — женщина осторожно дотронулась до ее макушки.

Люди положили раненую на тряпку и погрузили в багажник. Лязгнула крышка — дождь исчез вместе со звуками. А потом навалилась ночь.

Очнулась собака от того, что пасть слиплась от клейкой слюны. Жажда была такой мучительной, что она готова была пить все, что угодно, даже шипучую газировку, которой потчевал ее глупый человечий детеныш. Собака дернулась, пытаясь встать, но не смогла – нижняя часть туловища онемела.

— Спокойно, девочка, — произнес человек в белом наморднике.

Он подвинул к ее морде миску с водой и осторожно приподнял голову. Собака макнула язык и сделала несколько глотков.

— Вот, умница, — похвалил человек. — Наркоз скоро отойдет, и я выведу тебя погулять.

Голос показался собаке смутно знакомым. Но резкий запах лекарств не давал определить наверняка.

На следующий день собака поправилась. С тихой благодарностью ела она неведомый доселе хрустящий корм, дочиста вылизывая крошки, охотно

пила. Дважды в день ее выводили в маленький, густо пропахший собачьими экскрементами дворик с чахлыми кустами, и она, пересилив неудобство стягивающей живот попоны, оставляла свои метки среди бесчисленного множества чужих. Неделю спустя, собаке сняли швы и отпустили на волю.

— Прости, псина, не удалось тебя пристроить, — сказала женщина с крупными, пропахшими хлоркой руками. — Уж очень ты большая и страшная. Прямо как я, — она невесело усмехнулась. — Теперь уж сама как-нибудь.

Она потрепала собаку за ухом и отстегнула поводок. Псина понимающе лизнула шершавую руку и потрусила в сторону сквера.

Сытная жизнь, сопряженная с болью, закончилась. Зато наступила весна. Ласковый, пахнущий прелью ветер обдувал впалые бока. Собака ложилась на теплый, покрытый первой шелковистой травкой пригорок и подставляла зудящее пузо под острые лучи солнца. Проплешина на животе быстро зарастала. Спать собака забиралась в тесный закут между забором и стеной тира. Возле сосисочного ларька она приладилась подбирать объедки, брошенные вечно спешащими людьми. Иногда кто-то кидал ей сам – то кусок сосиски, то куриные кости. Этого вполне хватало. Один, правда, кинул в нее стаканом, но собака успела увернуться. Добрых людей по ее подсчетам было больше.

Когда по парку выгуливали домашних питомцев, собака пряталась. Она грустила, зыбко и смутно вспоминая Петровича. В перебранки, вспыхивающие между холеными любимцами и бродячими псами, не вступала. Так прошла весна, а за ней и лето.

Однажды по скверу пронеслась шумная стая незнакомых собак. Были они возбуждены, капали слюной и заходились в безудержном, полном ужаса лае. Собака ощетинилась, но чужаки промчались мимо, не заметив ее. Их клокочущий, переходящий в визг лай долго носился по парку, пока не смолк, заглушенный другими городскими звуками. Собака повела носом по ветру и почуяла в воздухе запах смерти.

На другой день она увидела всю стаю, разбросанную на пустыре возле стройки. И черный лохматый пес в свирепом предсмертном оскале, и недавно ощенившаяся коротконогая сука с отвисшим брюхом, и три мелких собачонки, одна – в перламутровом ошейнике с бусиной, – все были мертвы. Собака видела издали, как подъехал фургон и люди в сером, с безразличными лицами побросали собак в кузов. Она слышала глухие удары тел, хриплый кашель одного из грузчиков. Когда тот, сплюнув, бросил случайный взгляд в ее сторону, собака вздрогнула и побежала, с каждым прыжком все быстрее и быстрее. Мимо проносились тронутые ржавчиной кусты, лавки, остовы каруселей. Потом замелькали ноги, сумки, колеса. Однажды резкий визг чуть не оборвал ее бег, но она успела отскочить в сторону. Собака бежала до тех пор, пока не оказалась на обочине шоссе, в том самом месте, где сбил ее ночной грузовик.

Осенние дожди давно смыли ее кровь, но куст, под которым умирала собака, еще хранил еле заметный запах ее боли. Собака долго внюхивалась в помертвевшие травы, в сухие изгибы ветвей и холодную землю, сипло скулила, прощаясь с нерожденными щенками. Наплакавшись вволю, пошла дальше.

Вскоре лапы привели ее в неизвестный поселок, рассыпанный вдоль петляющего русла реки. Дома в нем были разные — рядом с поникшими лачугами высились красивые терема, надежно укрытые заборами от посторонних глаз. Были здесь и брошенные дома. Один из них — густо заросший терном, с заколоченными ставнями и ветхим, в узорах птичьего помета крыльцом — собака выбрала для ночлега. Она устала, стертые об асфальт лапы болели, и не было сил на поиски еды. Полакав из лужи грязной сладковатой жижи, собака протиснулась между сгнившими досками и оказалась внутри. Серый свет струился из прорех в крыше. Пахло плесенью и мышами. Собака нашла сухой угол и, свернувшись клубком, уснула.

Месяц собака обживалась на новом месте. Ночлег — это ладно, но где брать еду? Ни мусорок, ни сосисочных ларьков поблизости не было. В километре, возле школы располагался единственный на всю округу магазин, но всякий раз, когда собака приближалась к дразнящей колбасным запахом двери, изнутри выскакивал грузный, затянутый в камуфляж охранник. Он свирепо щетинил усы, рычал и гнал собаку вон, кидая вслед грозные человеческие ругательства, а иногда и камни. Люди с пакетами шарахались от отощавшей псины, тянули за руку детей.

Самая частая команда, которую слышала она в те дни, была «Пошла вон!». Приходилось подчиняться — поджав хвост, собака трусила прочь по раскисшей дороге, принюхиваясь к густому киселю остывающего воздуха.

Однажды ей повезло: к развалинам, где она жила, приехали рабочие. Они долго вымеряли каким-то шнурком землю, спорили, тыкая пальцами в мятый листок, а потом разожгли костер и стали жарить мясо. Собака залегла в кустах и погрузилась в мечты. Она давилась слюной, жадно вбирая носом съедобный дым, прикрывала глаза — но что глаза, когда она чует все вслепую. Ее под-

ташнивало от голода, но собака боялась вылезти из укрытия и терпела. Люди смачно жевали мясо, опрокидывали в рот рюмки с веселой жидкостью и громко выкрикивали незнакомые слова: «подряд» и «смета». Начало смеркаться, люди затушили костер и, свалив объедки возле крыльца, уехали прочь. Как только стих рокот мотора, собака выскочила из засады и жадно набросилась на остатки человеческого пиршества. Чего здесь только не было! — кости с щедрыми лохмотьями мяса, пропитанные мясным соком хлебные мякиши, комья мятых салфеток с мясным запахом. Все было съедено дочиста.

На другой день люди вернулись и за полдня сровняли с землей собачью ночлежку. Трескучий бульдозер закопал и тайник с заветной, оставленной про запас костью.

Там и морозы подоспели.

Стужа сковала реку и землю. Съехали последние дачники. Опустел магазин. Охранник облачился в меховую куртку, но добрее от этого не стал. Собака неприкаянно бродила по пустынным улицам, шарахаясь от подзаборного лая более удачливых собратьев, обнюхивала мышиные норы, лисьи следы, остывшие кострища... Она ходила на реку в надежде найти свежие лунки, возле которых, если повезет, можно было выгрызть изо льда мелких, забракованных рыбаками ершей и горькие рыбьи кишки. Спала бродяга где придется — когда в разметанном стоге сена, когда в сухом валежнике.

Она попробовала прибиться к стае, но ее не приняли — больно покусали, оставив на память глубокую метку на задней лапе. Хромоногая, она стала совсем беспомощной, и если бы не спасительная оттепель, то давно бы отправилась на радугу к Петровичу. А так — кое-как перебилась с оттаявшей помойки. Рана заросла. Зима продолжилась. Морозы вернулись.

Всю свою боль, все одиночество и тоску по хозяину собака изливала в сладостном ночном вое. Поднимала морду к равнодушной маслянисто-сливочной луне и жаловалась ей, терзая звенящую тишину. Ей начинали вторить деревенские собаки, и вскоре округа наполнялась горькими руладами невыплаканных собачьих слез. Каждая плакала о своем — кто об отнятых щенках, кто о цепной неволе, кто о потерянном хозяине и безнадежном собачьем одиночестве...

К февралю собака ослабла. Потеряла интерес к еде. Днем, когда выглядывало скупое солнце, впадала в забытье. Ночью крупно дрожала, тщетно пряча нос в лапы, и ждала, ждала... Чего она ждала — сама не понимала толком. Наверное, встречи с Петровичем.

В тот день ветер, неожиданно сменивший направление, дохнул на нее чем-то давно забытым, теплым и вкусным. Собака тяжело поднялась, опершись на ослабшие ноги, и поплелась против ветра, дрожа и сутулясь. Мокрый компас-нос вел ее туда, откуда веяло живым, безвозвратно утраченным собачьим счастьем. Пустой дом, еще недавно напрочь лишенный запахов и звуков, вдруг ожил. Будоражащий аромат источала кастрюля. Обычная кастрюля со стеклянной крышкой, снабженной малюсенькой дырочкой, сквозь которую и сочилась надежда. Кастрюля стояла на террасе, прямо на краю — ничего не стоило толкнуть ее, свалить наземь и припасть к горячей жиже. Пусть гонят потом, пусть бьют и кидают камни — сил, небось, хватит, чтобы убежать! Так думала собака, подбираясь к вожделенной добыче.

Внезапно дверь распахнулась.

— Эй, собака! — окликнул ее женский голос. — Ты чья?

Собака рванула в сторону, как от удара. Она бежала, поджав хвост, путаясь в собственных лапах. Острые осколки наста хрустели стеклом под ногами, острые ребра ходили ходуном под тонкой, обветшалой шкурой. Ветер трепал уши, царапался в груди. Хорошо, что у этого дома нет забора, а не то — не унести ей лап. Отбежав на безопасное расстояние, собака оглянулась — женщина глядела из-под ладони вслед беглянке, не сердясь и не ругаясь. Собаке показалось даже, что в человечьих глазах мелькнула жалость.

Хозяйка забрала кастрюлю и скрылась в доме. Но ненадолго — вскоре она вышла с дымящейся миской в руках, спустилась по ступеням и отнесла еду на отшиб, под куст шиповника с яркими глянцевыми ягодами. Пошарив вокруг глазами, вернулась в дом.

Собака выжидала. И только убедившись, что поблизости никого нет, робко приблизилась к еде. Тот же запах, что из кастрюли! Псина приникла к миске, неуклюже растопырив длинные передние лапы, и начала жадно лакать.

В голове непрошено появился Петрович — он ласково улыбался, шевеля седыми бровями, и ободряюще кивал головой. Собака поняла, что хозяин ничуть не сердится на нее за то, что та приняла еду из чужих рук. Вылизав до блеска миску, она попробовала на зуб облупившийся эмалированный край, но смекнула, что сжевать ее, как картонные тарелки, не получится. Собака бросила благодарный взгляд туда, где только что стояла незнакомка, и поковыляла прочь. Она не знала, что все это время женщина наблюдала за ней из окна. Далеко уходить не стала — куда идти? Дома все равно нет, а переночевать можно и здесь, вот на этой охапке ботвы. Она сыто вытянулась на прелой куче и впервые за много дней перестала дрожать.

Несколько недель женщина выносила миску с горячей едой под куст шиповника и смотрела из окна, как ест отощавшая псина. Потом стала ставить плошку чуть ближе и рассматривала собаку уже не прячась за стеклом.

— Откуда ты взялась такая? — спрашивала она жадно глотающую собаку, разглядывая ее шишковатую голову, длинную морду с крокодильей пастью.

— Не помню, — отвечала глазами та, не отрываясь от еды.

— Где же твой хозяин?

— Не знаю, — вздыхала собака.

— Ну тогда живи у меня! — разрешила однажды женщина, подойдя к собаке ближе обычного.

Собаке очень хотелось понюхать ее руку, но страх пересилил, и она по обыкновению убежала в заросли.

После Сретенья застучала первая капель. Сугробы начали опадать, а в полдень дымились влажно и густо, точно забродившее тесто. Ночные заморозки оставляли леденцовые латки возле крыльца, которые в полдень превращались в лужицы. Остро запахло весной.

Собака любила наблюдать из-за кустов за хозяйкой дома. Чем выше взбиралось солнце, тем больше времени проводила та во дворе — копала, чистила, мела, переносила с места на место коробки и мешки. Когда женщина уходила уставшая домой, собака крадучись подбиралась к только что оставленным ею предметам и жадно принюхивалась то к черенку лопаты, то к ручке тележки. Следы ее рук был сладостными, манящими. Они не походили на привычные, уже почти стершиеся из памяти грубые запахи Петровича, но казались такими же родными. Правда, в последние дни в запах хозяйки примешался след грусти — собака отлично знала, как пахнет человеческая грусть. И улыбаться хозяйка стала реже и печальнее.

Однажды она взялась наводить порядок в палисаде. Начала расставлять вдоль дорожек цветочные горшки — один разбила, другой рассыпала. Уронила лопату, да неудачно: помяла жидкий куст и горевала над ним, трогая сломанные ветки. Все у ней не ладилось в тот день, все валилось из рук. В довершение несчастий — оступилась и подвернула ногу. Вскрикнув, привалилась к штакетнику, осела наземь. Собака вскочила на все четыре лапы и напряглась.

Женщина стянула с головы косынку и заплакала. Слезы капали из ее глаз дождевой россыпью.

Плечи вздрагивали.

Чужая боль — такая близкая, такая понятная — обожгла собачье сердце. Отбросив страх, собака подбежала к хозяйке. Она бестолково переступала лапами и заглядывала в полные слез глаза. Она тянула зубами за рукав, пытаясь помочь ей встать. Собака лизала мокрые, соленые щеки, холодные руки, сочувственно скулила и неуклюже приваливалась теплым боком. Она пыталась осушить человеческие слезы, которые все лились и лились из глаз. Собака понимала: дело не в ноге. За пределами собачьего разума лежала беда, которую она не могла ни понять, ни унять. Могла только быть рядом. Рядом...

Женщина порывисто вздохнула, вытерла косынкой глаза и неожиданно улыбнулась. Она положила руку на костистый бок, поросший жесткой шерстью, провела ладонью по горной цепи позвонков. Собака вытянулась в струнку.

– Не боишься меня больше? — спросила, оглаживая шишковатую голову, мокрый кожаный нос, дрожащие навесы брылей.

Собака облегченно вздохнула и положила морду на теплые колени хозяйки.

– Останешься со мной?

Вместо ответа собака впервые за долгие месяцы завиляла хвостом.

Женщина оперлась на теплую собачью спину и вместе они заковыляли к крыльцу. Солнце выпростало из облаков руки-лучи и обняло обеих ласково, по-матерински, венчая все то, что только что произошло между собакой и человеком.

С тех пор они не расставались.

Зинаида ВИЛЬКОРИЦКАЯ

Творческий псевдоним — Мадам Вилькори. Писатель, журналист, автор нескольких книг прозы, драматург. Редактор международного литературно-художественного альманаха «Новый Континент» (Чикаго, США). Член редколлегии общественно-познавательного журнала «ИсраГео» (Израиль), журнала для любителей путешествий «В загранке» (Швейцария), партнер литературно-художественного журнала «Метаморфозы» (Беларусь). Золотой Лауреат Национальной литературной премии «Золотое перо Руси» 2019 года в номинации «Юмор». Участник Всемирного литературного марафона «Горький – Нижний – 800». Лауреат премии им. Э. Хемингуэя, 2021 г.

КОЩЕЙ БЕССМЕРТНЫЙ

— Мама, у меня отец есть? Только не ври про летчика, который разбился. И про разведчика, застрявшего в чужой стране, тоже не ври. Эти сказки устарели со времен моего детства. Я давно уже выросла. Мать двоих детей. Имею право знать.

— Что знать?

— Правду. Он хоть подозревает о моем существовании?

— Кто?

— Мой отец.

...Бомба замедленного действия сработала спустя тридцать лет и три года. Правду — так правду. Хранилась она в шкатулке с документами и, наконец, пригодилась.

— Вот она, твоя правда, во всем своем правдивом виде и со всей отцовской любовью изложенная. Я ее вместо букета цветов прямо в родильной палате получила. Держи конверт.

Злата знала содержание наизусть: «Отказ от родительских прав подтверждаю. Претензии на алименты отклоняю. Если разыгрался твой материнский инстинкт, это не значит, что у меня разыграется отцовский. Сама девку рожаешь, сама и выращивай. Ребенок — балласт, осложняющий жизнь. Не считаю нужным принимать в этом участие. Ничем никому не обязан. Сожалею о потраченном на тебя времени. Думал, будет у меня сын Константин Константинович — продолжатель рода Умрихиных. Не можешь родить парня, нечего замуж ходить. Девчонку назови Констанцией — в мою честь. Забирать вас из роддома не буду. Прощай навеки. Уже не твой – К. Умрихин».

— Это — подделка?

— За кого ты меня принимаешь? Такими вещами не шутят. Хороший папаша. Задушевное письмо накропал…

— А если он изменился и сожалеет?

— Не дано мне понять его сложную душу, доченька, не дано. Лучше этот прыщ не расковыривать. В честь него, любимого, была бы ты, Лариска, не Ларчиком Драгоценным, а Конной станцией! Я давно научилась говорить «нет». Это великолепно — ни от кого не зависеть…

— Какая ты, мама, жестокая. Лишила меня родного папы! Я не могу с этим смириться! Хочу сама убедиться! Это абсолютно нормальное желание — увидеть человека, благодаря которому появилась на свет… Отдать должное… Возможно, он не хотел таким быть, но стал…

— Ну-ну… — Злате припомнилось выражение «балласт, осложняющий жизнь». — Ну-ну… Не хотел он… Его насильно таким сделали. Против его воли.

В редкие минуты хорошего настроения Кощей проявлял видимость человечности, но теряя бдительность, расслабляешься — и огребаешь… Перекрыть старые воспоминания новыми — проще, чем волочить их за собой. Запутаться в этом запыленном шлейфе немудрено, избавиться — труднее.

Злата выкарабкалась. Считай, благополучно избавилась от диктата Кощеева царства-государства. В день, когда родилась Лара, умерла бабушка Роза. На ее деревенский домик-развалюху никто из родни не претендовал. Поплачешь в подушку — и живешь-выживаешь. Потом жизнь в другой стране начинаешь. Думаешь, все уже позади, а оно замаячило. Да так настойчиво… Не убежишь. Настигнет.

* * *

Потерянный папенька на удивление быстро нашелся на просторах сайта «Одноклассники». Лариса послала ему запрос в друзья. Ответил положительно! Прислал букет сирени — виртуальный, но красивый. И звезду с неба — тоже виртуальную, но красивую.

— Спасибо! Вы меня задарили! — виртуально зарделась Лара.

— А вы кто? — виртуально насторожился Умрихин.

— Ваша дочь! — состоялось виртуальное признание.

— Давненько я кофе не пил! — виртуально расслабился даритель. — Кофе в ваших краях дорого? Недорого? Ты про какой кофе? Растворимый? Я растворимый не пью. Только в зернах. Почем он у вас? Двести шекелей кило? Пришлешь мне?

И сухофруктов экзотических. Граммов по триста каждого вида. Десяти наименований хватит? Если у вас там ассортимент бедный или денег жалко, то хватит.

* * *

Одну и ту же картинку хоть сто раз прислать — денег не стоит, а вот вещественный привет…

— Мама, папа получил посылку! Мы с Алоном и Лиором вместе покупали, вместе собирали, вместе отправляли! У папы прекрасное чувство юмора… Посылка обошлась не в одну сотню шекелей. Послали все, что сами любим: кружочки сушеных ананасов и киви, оранжевые брусочки папайи, чернослив, финики, хрустящие банановые чипсы, вяленые пластины манго… Инжир, курага, орехи, кофе в зернах… Недешевое удовольствие, но папа обязан попробовать наших израильских вкусностей! В последний момент я положила десятишекелевый брелок. А папа: «Бандероль получил в целости-сохранности. Никто не позарился. На все про все ты копейки истратила, но хоть брелок нормальный прислала». Я так смеялась, так смеялась, а ты… Эх, мама… Лишила меня такого милого и образованного папы.

— Откуда ты взяла, что он милый и образованный? — поинтересовалась Злата.

— Он очень мило шутит! Для такого уровня образование нужно!

— Не умиляйся. Он не шутит. Он такой придурок и есть. Шутник — обхохочешься!

— Пока он жив, хочу с ним встретиться… — практичная рассудительная Лариса глупела на глазах.

— Пока он жив… В смысле, пока не загремел в ящик? — скептически хмыкнула Злата. — Придется долго ждать. Твой папаша туда не спешит. Он же бессмертный. Узкий, тощий, вылитый Кощей. Кстати, купи зеркало.

— Карманное?

— Большое. В человеческий рост.

— Зачем?

— Приедет — поймешь! — Злата слишком хорошо знала объект разговора. Предсказывала ходы наперед.

— А он приедет?

— Ларчик ты мой драгоценный… Ты так сильно жаждешь узнать его поближе? Готова пожертвовать своей жизнью ради постороннего дядьки? Оплатишь дорогу — приедет. И вцепится мертвой хваткой.

— Если ты была плохой женой, это не значит, что я должна быть плохой дочерью! Он не посторонний. Он мой родной папа, которого я по твоей вине лишилась. Разберусь. И ты, мама, разберись.

Нельзя обвинять человека без доказательств!

— Мало тебе письма? Нехороших слов говорить нельзя…Лучше промолчу.

— А вы можете возобновить отношения… хотя бы как старые добрые друзья? — Лара надеялась на благополучное развитие событий.

— Боже упаси и сохрани! Есть много закрытых тем. Давай не будем, а? Битому псу палку не показывают. Думаешь, это моя паранойя? Разумная предосторожность. Кто палка, а кто битый пес, разберешь. Чай, не маленькая!

Вместо того, чтобы каленым железом выжечь дочкину идею, Злата пустила все на самотек. Зять, как обычно, был на работе и в дебри семейных отношений женской половины не особо вникал.

* * *

Вскоре Ларискин папаша прибыл с визитом из страны, где все было культурное и качественное, в страну, текущую молоком и медом.

— У нас будет жить дедушка! — прыгали от радости Алон с Лиором. — Мы не можем дождаться, когда он приедет! Скоро мама привезет его из аэропорта! Самолет уже приземлился! Савта (бабушка) Златуся, ты тоже соскучилась по дедушке?

— Ни в коем разе! — «Златуся» не разделяла всеобщую радость. — Скоро будете дожидаться, когда он уедет! Он вам расскажет, что делать и куда идти, а я во время визита буду любить вас издали. Благо, жилищные условия позволяют. Но скучно не будет. Обещаю.

— Скучно не будет? Это хорошо! Мы не любим скуку! — Алон с Лиором знали русский не настолько, чтобы вникать в игру слов. — А еще мы любим маму, папу, тебя, нашего нового дедушку и подарки!

— Только не путайте Кощея Бессмертного с дедушкой Морозом! — пытаясь подготовить внуков к живому театральному действу, непедагогично предупредила Злата. — Поживите с ним пару дней и узнаете, что это за дедушка. В плане очеловечивания — безнадежный случай.

— Савта Златуся, а о чем с ним говорить? Мы не знаем, о чем с ним говорить…

— Не волнуйтесь. Он сам все скажет.

«Златуся» благоразумно удалилась на свою территорию. В добротном двухэтажном коттедже, умело обустроенном зятем-ремонтником, имелся отдельный вход в двухкомнатную пристройку с выходом в сад. Колючее и цветущее — Златина страсть: алоэ, кактусы и розы красовались там живописными зарослями. У детей и внуков — второй этаж и часть первого, у ручного дамана Пупсика — личное фруктовое дерево. Очень удобно: и вся семья вместе, и никто никому не мешает, никто

ни у кого на голове не сидит. Весь поселок такими двухэтажками застроен… Благодать.

* * *

Званому гостю выделили комнату со всеми отдельными удобствами.

— А неплохо вы тут устроились! — сказал Умрихин ивритоязычному зятю. Тот не понимал ни слова, но приветливо кивал и уважительно улыбался. — У меня тоже много всего имеется: крутые машины, крутые дачи, крутые дома и крутой бизнес! А машина ваша… Это у вас что, тачка для бедных? И ради этого тарантаса вы родину продали и на другой конец света прикатили? Дешевая погремушка… Ни рыба ни мясо… Мой велосипед — и то круче! А вон та спортивная площадка… За высоким забором… Тоже ваша? Не ваша? Общественная? Тогда у вас по сравнению с нами — совсем скромненько. Даже хрусталя в серванте нет. И сервант какой-то низенький, неказистый, неотполированный… В саду хотя бы бананы растут? Не растут? Я кроме бананов, ничего не ем. Исключительно к бананам привычный…

А вы как думали? Гости нынче суровые. С лица кислые. И, похоже, вашим семейным укладом недовольные.

— Ну, Ларчик, твой папенька уже огласил свое ценное мнение? Не знает элементарных вещей, но эксперт по всему на свете? Имея в хозяйстве два ржавых велосипеда и краденый самокат, машину твоего мужа обхаял…

— Откуда ты знаешь? Дорон сказал? Он же по-русски не понимает!

— И хорошо, что не понимает. Если бы Дорон понимал по-русски, несдобровать Кощею! У меня в мои пятьдесят с хвостиком — отличный слух и такое же зрение. Мальчики рассказали.

— И что же они сказали?

— Что дедушке наша машина не понравилась. Он вообще такую когда-нибудь в глаза видел? Тележку из супермаркета он таки да, водить умеет…

— Ну… Он не подарок, но терпеть можно! Немножко прямолинейный… А настроение у него вроде хорошее… — Лара держалась стойко. В отличие от новоявленного папеньки, которому не терпелось восполнить пробелы воспитания «загрянышной» дочери и ее безалаберного семейства.

Хорошего настроения хватило на считанные минуты, потому как обнаружился оазис недоруганных, недонапуганных и недовоспитанных! Куда это годится? У детей слишком много игрушек. У зятя перебор с мобильниками. У дочери навалом подружек. Злата совсем опустилась: не носит платья в рюмочку и туфли на шпильках. Вся семья ведет неправильный образ жизни: слишком много времени уделяет детям. Распустила их до безобразия. Леня и Алик — Умрихин называл внуков на свой лад — шумные, дурно воспитанные, по-русски не читают. Гутарят только на местном. Книгу «Тимур и его команда» — дедушкин подарок — даже не раскрыли. В юморе вся семья не соображает. Над анекдотами про Петьку и Чапаева не смеется, а жаль: дедушка Костя любому юмористу фору даст. С детских лет шутки-прибаутки записывает и наизусть заучивает! И эти уникальные родительские гены потомки не впитали?! Не в коня корм!

Носитель генов пыжился, как ходячий замороженный полуфабрикат, из которого вот-вот соорудят шедевр кулинарного искусства: «Констанция, почему у вас у всех волосы немытые? Чего-чего? Это увлажняющий крем? Зачем на него тратить деньги? Безобразие. Вам за него не совестно? Лучше купите мне ковер. У меня ноги мерзнут на вашем плиточном полу. И с соседями разберитесь. Ваш сосед из дома слева — полный кретин. Включает подсветку травы по ночам — и прямо на мое окно. Зачем? Дабы чужие не крутились? Когда всю ночь светло, я спать не могу! А тот, кто живет в доме справа, вообще идиот. Сделал фонтан в виде кадки с льющейся водой. Звуки, как из туалета со сломанным бачком! Чтобы этого больше не было! Мне какофония спать мешает. Никакого уважения к старшему поколению! Я заслужил право на сон! Вам за соседей не совестно? А у Златки почему всю ночь свет горит? От ночника? Купите ей другой ночник. Этот слишком яркий. Он мне с другого конца дома светит. Фонари на столбах тоже не мешало бы вырубить. Отвернуться от окна? Лечь на другую сторону? Мне так неудобно. И маску на глаза я принципиально надевать не буду. От повязок у меня глаза напрягаются. Жалюзи закрыть? Вы что! Вам за себя не совестно? Я не могу без свежего воздуха! Это нарушение моих прав иностранного гражданина! Неужели трудно повесить для меня шторы поплотнее? И сделайте уже что-нибудь с вашими летучими мышами! Они крыльями шуршат и спать мне мешают. И климат у вас паршивый… Пропекаюсь я в вашей жарище, как в духовке… Вам за нее не совестно? Боритесь! Отстаивайте свое право на прохладу! Из-за этого климата у вас крысы крупные, мыши мелкие, а суслики размером с медведей. Это не суслик? Это даман? Странно. Какая разница, как вы их тут называете. Суслик и есть суслик. А вот зеркало хорошее! За него точно не совестно!»

Поскольку больше нечем было любоваться, Умрихин смотрел на себя в зеркало и транслировал четкую мысль: «Я вольный странник! Заглаживайте вину, не то возьму — и уеду! И напишу в «Одноклассниках», что бессердечная дочь бросила родного отца на произвол судьбы!»

* * *

— Мами, где ты его откопала? — спросил у Златы Дорон.

— В колхозе. На кукурузе.

— Колхоз — это кибуц? И что ты там делала?

— Нас туда светлое будущее строить возили. Мы студентами были. Умрихин по мне сох. Весь курс это знал и дружно декламировал: «Там царь Кощей над Златой чахнет»…

— Зачем ты его в кибуце взяла?! — удивился зять. — Лучше взяла бы кукурузу! Она полезнее. Наш саба (дедушка) кукурузу любит?

— Терпеть не может.

— Учтем.

Зять внедрял кукурузу где можно и нельзя, а тесть швырял огрызки кукурузной диктатуры в толстенького сытенького Пупсика.

— Пупс, ты у нас кто? Травоядное млекопитающее? Вегетарианец? Молодец. Жри кукурузу от пуза. Мне она хуже горькой редьки. Ну и родственнички у нас с тобой. Тебе за них не совестно? На себя бешеные деньги тратят, а родному отцу куска колбасы пожалели! Они ее, видите ли, не любят. Я им в колбасном театр устроил. Стал перед прилавком, глаза выпучил и кричу: «Констанция! Смотри! Колбаса! Колбаса! Дорон! Смотри! Колбаса!» Как тут не купишь, когда все смотрят? Под укоризненные взгляды окружающих купили мне две палки. Ты тоже колбасу не любишь? Зачем я тогда сцену устраивал? Не можете по-хорошему договориться с отцом, не надо было приглашать… Позвали меня к себе? Обязаны компенсировать! Ну пока, суслик. Хороший ты парень, хоть и даман. Щас они меня к ушному повезут. У меня все уши в пробках. Им за мои уши не совестно? И одеколон пускай мне купят. Я самый дорогой выберу. И обувь мне нужна не из дешевых. Они у меня покрутятся. Деньги есть, не разорятся… Я их расшевелю! Всем будет хорошо и весело!

Особого веселья не получалось. Экскурсии утомляют, «развалины» смотреть скучно, в музеях — «старье»… Любимая тема Кощея — бессмертие: дедушке главное — сделать зарядку, покушать «полезное», пустить в ход своеобразное чувство юмора… Между Лиором и Алоном — два года разницы, но дедушка внуками не интересуется и умиления при виде забавных детских мордашек не испытывает. Его шея не для того, чтобы на нее детей вешать.

«Может, ему трудно выражать эмоции? Отойти от природного ехидства не так уж легко… Но папа привыкнет и полюбит нас. Родная кровь как-никак, — лелеяла надежду Лариса. — У него наверняка есть и хорошие качества. Может, ему животные нравятся. Или растения…»

* * *

— Савта Златуся, а он и вправду наш дедушка? Может, он и есть Кощей Бессмертный? Дедушки наших друзей с ними играют, а наш от себя отгоняет и говорит: «Никакие рамки детям не выставляются». Что мы, картины?

— Дико извиняюсь, но я в курсе! — «Златуся» заняла тактику невмешательства. — Он много чего говорит, да. Умением сверлить мозги овладел в совершенстве. Появился у него шанс хоть кого-то, кроме себя, полюбить… Вот и посмотрим, что из этого выйдет. Глаза, уши, мозги есть? Соображайте. Чтобы прибор работал, его надо подключить к розетке!

— Мы соображаем, только у нас не всегда получается! — недоумевал Алон. — Дедушка требует, чтобы мы слушали про какого-то непонятного Вовочку и улыбались. Потом он сердится, что никто не смеется, и говорит: «Чтобы этого больше не было! Вам за себя не совестно? Мальчики, не будьте буками! Улыбнитесь!»

— Он всем такое говорит! Про буков. И маму Констанцией называет. «Не будь букой, Констанция. Улыбнись. Дети были и будут, муж — тоже, а папа — вот он. Лови момент счастья, Констанция! Мальчики, не будьте лодырями. Улыбнитесь. Из чувства долга… дедушка Костя в гостях… надо хотя бы попытаться дедушкиным шуткам улыбаться! Вы не должны быть буками! Вам за себя не совестно? Скучные вы какие-то. Я вас расшевелить хочу…» — Лиор очень похоже изобразил дедушку.

— И он еще говорит: «На диван с ногами не залазят. Ноги должны стоять на полу, как вкопанные. Одна нога около другой!» — прибавил Алон. — Наши ноги — живые! Почему они должны быть «вкопанные»? Они должны двигаться! Почему ему наши ноги не нравятся?

— Это он вас своим светлым образом ослепляет! — дипломатично ответила Злата.

* * *

Кощея устроила бы жизнь на необитаемом острове. Без детей и внуков. С невидимым и хорошо вышколенным обслуживающим персоналом.

— Констанция, у меня вылетел мостик на четыре зуба нижний. Где тут у вас зубной врач? Ты так настойчиво приглашала, что я не успел привести себя в порядок! Я серьезно, Констанция. Возьмись и ты за свое здоровье. Надо ложиться спать в двадцать один ноль-ноль. Почему Леня и Алик в это время не в койках? После девяти вечера в Израиле — самый разгар гулянок?! Это неприемлемо! Констанция, что за шум? Чем ты там грохочешь, Констанция?

— Это не шум. Это жизнь! — отвечала Лариса, нечаянно совершившая преступление. Она стукнула крышкой об кастрюлю, а еще — о, ужас — ответила на телефонный звонок.

— Ты со мной не считаешься, Констанция! Ты же знаешь, что я должен днем подремать, а вечером полноценно выспаться? Знаешь! Тебе не совестно? Не знаю, как тут у вас, но в моей стране — все для человека и во имя человека! Я этого не потерплю! Меня там мои многочисленные бизнесы заждались, а я тут на вас свое драгоценное время и драгоценное здоровье гроблю!

Назидательное брюзжание означало: папа не хочет быть статистом. Он претендует на роль главного консультанта и руководителя-мозгосверлителя. Возражения исключались. Абсолютно не о чем спорить. Соглашаться и подчиняться!

— Что ты там, Констанция, готовишь? Красную рыбу в духовке? С продуктами у вас… не зашибись. Израильские огурцы вгрызаются в организм и колют изнутри. Помидоры не такие. Авокадо зеленые и не краснеют. Картошка сладкая. Куры недостаточно лохматые — значит, не натуральные. Нахимиченные. Фрукты слишком крупные. Не верю, что не нахимиченные. Надо иметь уважение к моему здоровью! Вам не совестно?

* * *

Теплом и заботой можно размягчить самые черствые корки, но чем больше стараешься угодить, тем больше претензий низвергается на твою голову. При всем при том угрызения совести испытывал не нерадивый папаша, а дочка, им же и брошенная.

Наивная Лара верила в чудеса родительской любви. Реальная жизнь намного прозаичнее. Визит «вольного странника» превратился в одно сплошное недовольство, сотканное из множества маленьких. Обливаясь патокой собственного величия, Кощей переходил от одного члена семьи к другому и всем поочередно «делал нервы». А также выуживал информацию, чтобы потом ею манипулировать.

«Улыбайтесь, лодыри! Не будьте буками!» надоели до смерти. При звуках гласа Кощеева домочадцы дружно разбегались по комнатам. А тут и соседи с полным ведром цитрусовых явились: «Ваш дедушка сбивает наши апельсины палкой. Почему он нам не сказал? Мы бы его сами угостили!»

— Когда это он успел, наш главный угнетаемый? — удивилась Злата.

— Он такой, кругом успевает… — Лариса чувствовала себя лишней в собственном доме. — Я не могла дождаться, когда он приедет, а теперь…

— Не ищи то, чего нет, там, где его нет. Если человек — идиот, сколько его ни спасай, он все равно найдет способ самому себе навредить. Дело не в тебе, не во мне, а в нем самом.

— Он новую волынку завел. На все лады повторяет: «Этого у меня в доме не будет!» — пожаловалась Лара. — В его доме!

— Это не моя проблема, доченька. Это твоя проблема. Твоя личная проблема. Все в твоих руках. Ты его вознесла на пьедестал? Или терпи, или... Придуманный мною летчик был гораздо лучше, правда? Это хороший урок, но закончить его должна не я.

* * *

Призвав на помощь желание ни во что не вмешиваться, Злата уехала в Иерусалим к подруге, Дорон с сынишками махнул рыбачить на Кинерет... А та, которой захотелось пожить в сказке про любящего папу, получила ее во всей красе.

— Констанция! Где тебя носит? — почувствовав себя единовластным хозяином, Кощей повышал градус недовольства. — Я прожег себе рубашку... Мне нужна новая! Не буду же я на отдыхе у родной дочери в дырках ходить? А все остальные куда подевались? Рыбачат? Мне тоже предлагали, я отказался. И Златка с ними? Не с ними? Знаешь, что она мне сказала, твоя умная мамаша? «Возьми словарь и посмотри слово „планктон“. Мелкое ничтожество, которое строит из себя огромадного кита». Так и сказала, представляешь? Ей не совестно? Будет себя так вести, найду ее внукам другую бабку. Я еще ого-го! Не могу без женского внимания. Мне понравилось, что у вас тут живут до ста двадцати, и я буду.

«Не будешь!» — подумала Лара. Наконец снизошло на нее озарение. Так чувствовал себя Паниковский, когда «уже все понял и последние полчаса водил ножовкой только для виду».

— Констанция, ты странно молчишь. Должна иметь уважение, когда отец говорит. Вечно у тебя что-то не так. Тебе не совестно? Я этого не потерплю! Значит, Алик и Леня на рыбалке... Комаров кормят. Не люблю семейные мероприятия, они мне и даром не нужны... Это безобразие для меня неприемлемо. Я под вашу дудку плясать не буду. Нельзя же быть такими эгоистичными. Ездят, куда хотят, едят, что заблагорассудится, шумят, как им нравится, никакого почтения... А утром ты где была, Констанция? На работе? В таком виде?! У нас конские хвосты давно из моды вышли. Купи себе лак для волос и наведи марафет. Не совестно преподавать английский с такой прической? Кто тебя такую любить будет? Пока ты там работала, я с

голоду помирал. Сколько раз повторять: готовить надо без соли. Тебе не совестно? Эту кастрюлю давно пора заменить. Страсть не люблю однотонное. У нас на даче и то получше: все белое в красный горошек!

* * *

В свободное от отдыха время Кощей, буйно помешанный на своем уникальном юморе, зачитывал Пупсику несмешные нафталинные анекдотики, скопированные из «тырнета», и приговаривал: «Однажды меня чуть было не назначили главным капитаном КВН среди младших классов, но передумали. Завистники помешали. Скелет из кабинета биологии прямо на мою голову скинули, а сами разбежались... С тех самых пор я с мальчишками не ладил: как мог, так и гадил... Не люблю детей. Никаких. Даже внуков. Они мне моих ненавистных одноклассников напоминают, это для меня неприемлемо. Девчонок вообще терпеть ненавижу... А знаешь, Златка ничего. Была и осталась. Я-то представлял себе никому не нужную престарелую бабульку... На свой возраст она никак не выглядит. За тридцать три года почти не изменилась. Яркая, при теле, глаз горит... Меня в упор не видит. И ни одной моей фотки на прикроватной тумбочке! На что это похоже?! Норов ее своевольный укрощать надо. При мне она бы свое место знала. Зря не забрал я ее из роддома. Она меня дольше всех моих баб терпела. Я всего-навсего проучить хотел. Письмо настрочил, думал, на коленях приползет, как шелковая будет, а ее корова на столько лет языком слизала. И Констанция ничего. Молчаливая, покладистая... Они бы передо мной стелились, как ковер перед президентом. Заботились бы, пылинки сдували... Я бы им с воспитанием пацанов помогал... Старый добрый отцовский ремень в этом деле незаменим. Разве Дорон понимает, что всем вам — и тебе, Пупс, — хорошего ремня не хватает? Меня мой батя в строгости держал, чуть что не так — ремешком, ремешком... Я их всех вымуштрую. Научу по струночке ходить... Жаль, времени в обрез. Мало чего успею. Просил продлить мое пребывание здесь, молчат. Глаза отводят. Родного отца всего на два месяца пригласили, я им что, козел отпущения?»

«Почему — отпущения? Ты козел и есть». Нечаянно подслушав «беседу» Кощея с даманом, Лариса продолжала умнеть на глазах. «Это не папа. Это чужак, который насильно перестраивает мою жизнь под себя. Не знала, что он окажется таким... равнодушным. Чего мне не хватало? Купаясь в материнской любви, вообразила себя недолюбленным ребенком. Приспичило размечтаться на свою голову — и не только на свою. Всю семью на уши поставила. Вот тебе милый и образованный... Что должно быть у человека внутри, чтобы он такое творил?»

— Констанция, где топор? Ветку срублю. Мне тут дерево мешает Пупса дрессировать. Надо его в клетку посадить, чтобы по саду не шастал и фрукты не таскал. Не для него посажены. Что-что? Фрукты... для него?! Это безобразие! Я этого не потерплю. Чтобы при мне такого не было!

Яд в микродозах вызывает непреодолимую рвоту. Ларчика Драгоценного тошнило по полной.

— Пупс, а давай я тебя с собой увезу? — доносилось из-под дерева. — В ковер закатаю... Доедешь живой тушкой — хорошо. Не доедешь, чучело из тебя сделаю. На память. А, Пупс? Что скажешь? Хороший ты парень, хоть их сторону держишь. У вас тут каких-то стручков под деревьями видимо-невидимо валяется. На них можно шикарный бизнес развернуть. Выдать за панацею от всех болезней и продавать поштучно. Такие бабки сколочу! Разве эти лохи понимают, по каким деньгам ходят?!

Притянутая за уши сказка про хорошего папу растаяла в мареве хамсина.

— Констанция! Ты где? Констанция! — взывала вечная жертва. — Ты где? Ты должна...

Шокированная услышанным, Лара молча размышляла: «Я должна защищать свою семью и больше никому ничего не должна. Слишком дорого нам всем обошлась моя глупость. Еще немного — и разоримся: хотели принять от души, показать, как хорошо живем, ни в чем не нуждаемся, — вот и показали. На счету — минус... От таких папаш со всех ног бежать надо, а я, дуреха, чудовище в дом притащила. Сама себя в западню загнала...Пора избавляться от кошмара!»

— Ну все, папа. Увиделись, пообщались...

Вам надо туда, где ваши бизнесы заждались. Без вас они там совсем развалятся! – удерживаясь от заповеди «не убий», Лара наслаждалась каждым своим словом. – Зачем так страдать? Живите, как вы привыкли, и где вам хорошо. Лучше быть от нас подальше. С нами столько проблем... Волнение вредно для вашего здоровья. Мне перед вами за нас неловко. Искренне сожалею. Ваш рейс — сегодня вечером. За пять часов собраться успеете?

— Констанция, ты что, меня из дома выгоняешь? Я этого не допущу! Ты об этом сильно пожалеешь! А, ну да. Срок истек... Бизнесы-шмизнесы заждались... Ты закажешь грузовое такси, чтобы я забрал мои вещи? — сияя новенькими коронками, Кощей перехватил инициативу. Проворно снимал со стены зеркало, скручивал ковер в рулон. — В вашем серванте слишком много ненужной посуды, я заберу часть? Приехал с маленьким чемоданчиком, уезжаю с солидным багажом... Учись, Констанция, правильно вести хозяйство! Перевес и перевозку хотя бы оплатишь?

* * *

Через неделю после прощания сайт «Одноклассники» потряс вопль отчаяния. Верный своему фирменному стилю Кощей Бессмертный писал: «Вот она, благодарность. Моя бессовестная дочь выгнала родного отца, в чем стоял! Вышвырнула голого и босого! Ободрала как липку! За все сам платил, сам всех содержал... Хотел только Пупса с собой прихватить, так и тот, поганец, спрятался!»

...Если бы Пупсик мог читать, он бы понял, какой опасности избежал. В полном неведении даман помогал Алону и Лиору играть в футбол. У Дорона вовсю орало караоке, а Злата и Ларчик Драгоценный с упоением гремели кастрюльными крышками в такт всему этому «безобразию».

Litsvet

Эмилия ПЕСОЧИНА

Родилась в Харькове в семье преподавателей английского языка. Доктор медицины. В 2001 г. эмигрировала в Германию. Член Врачебной палаты Нижней Саксонии.

Изданы четыре сборника стихов: «Ковчег и качели» (2001 г.), «Чужой город» (2002 г.), «Волкополье» (2006 г.), «Разговор со звездой» (2011 г.). Публикации стихов и прозы в журналах и альманахах «Этажи», «Витражи», «Артикль», «Новый журнал», «Новый Свет», «Лава», «Новый континент» и др. На стихи Эмилии написано более двухсот песен, вошедших в состав более тридцати песенных дисков, создано множество клипов.

ВЕНЕЦИАНСКИЙ ДОЖ(дь)

Собрались мы с мужем ехать в курортный городок Лидо ди Езоло недалеко от Венеции в начале июня. Это чтоб не в самую жаркую пору, Адриатика все-таки! Гостиницу заказали заранее, еще зимой, прямо рядом с пляжем, на крыше значился голубой бассейн, в общем, все серьезно! Подошло время ехать, но метеопрогноз сообщал о дождях и прохладной погоде. Да ладно, на Адриатике всегда тепло! Собрались, поехали. Не успели мужу купить пляжные тапочки, и я переживала, как он будет ходить босиком по раскаленному песку.

Наш путь лежал через Мюнхен, и мне хотелось показать мужу город, в котором он еще не был, благо, у нас оставалось часов пять до пересадки на поезд в Венецию. Идем по столице Баварии — холодина собачья, ливень, ветер ледяной. Удовольствие! Муж мой на главной улице узрел чугунную скульптуру хрюшки, затребовал его запечатлеть вместе с ней (он обожает фотографироваться с изваянными свиньями, слонами, носорогами и прочей живностью) и после этого решительно повернул в сторону вокзала, заявив, что с него впечатлений довольно. Наконец, выезжаем из Мюнхена, небо светлеет, поезд мчится по долинам, но очень скоро рельсы начинают петлять между гор, забираясь постепенно все выше и выше. Австрийские Альпы... На перевале достигаем пограничного пункта Бреннер... Дальше — Италия.

На следующее утро выходим в Венеции на вокзале Санта Лючия. Теперь нужно ехать автобусом до Лидо ди Езоло. Но для посадки надо перейти через крутой мост без пандусов и прочих удобств для носителей багажа. Наблюдаем такую сцену: японец небольшого роста с трудом толкает перед собой огромный чемодан-шифоньер, тащит по многочисленным ступенькам на тротуаре, доходит до моста, смотрит на него, утыкается лицом в че-

модан и начинает плакать. Мы спешили к автобусу, уж не знаем, как он этот героический переход осуществил.

Добрались до гостиницы со звучным именем «Нельсон» — все выше всяких похвал! Мы только порог переступили — и тут же были усажены за стол и накормлены невероятно вкусным ужином. И дальше все было в том же духе. Персонал говорит по-немецки, слова «нет» не существует, ты только начинаешь свою просьбу высказывать, а ее уже готовы выполнить. Кормят так, что мой муж выползает на террасу после еды, шлепается в шезлонг и, закатив глаза, отрешенно глядит в небо. Отдыхаем после завтрака и — на пляж!

Море сияет, песочек чистый, вода прозрачная. Но! Хо-ло-ди-на! Вода градусов двенадцать... Укладываемся загорать. Через полчаса я отправляюсь в гостиницу за шерстяной кофтой, теплыми носками и одеяльцем. Вот так еще ничего, можно принимать солнечные ванны, поочередно высовывая из-под одеяла то левую, то правую ступню. Носки при этом не снимать ни в коем случае. Но мы не теряем надежды на лучшее, интенсивно гуляем по набережной, любуемся субтропической, разнообразно цветущей флорой. К вечеру начинается дождь. К утру он переходит в ливень.

Но мы гуляем под зонтиками, фотографируемся на фоне обширных маковых полей. Муж предлагает наладить небольшой бизнес по сбору маковой соломки, поскольку надо же чем-то заниматься. Немножко солнышка все же появляется. Я решительно говорю: «Иду купаться!» Макаю ногу в воду. Все! Дальше я не ходок. Опыта «моржевания» у меня нет. На наших глазах в воду с визгом бросается стайка девиц, изображая огромную радость от погружения в волны морские. Их товарка, видимо, такая же «закаленная», как и я, печально наблюдает с пляжа за резво плещущимися подружками. Вот ее мы в последующие дни на пляже и видели, а искупавшаяся компания там больше не появилась.

Ура! Дождь прекратился, солнышко светит... Однако не греет... Но мы же оптимисты! На крыше гостинице есть бассейн с голубой водой, и наверняка там водичка классная, тепленькая! Надеваем купальные костюмы, берем пляжные полотенца — и вперед, точнее, вверх! На лестнице встречаем несколько обитателей гостиницы, движущихся как раз вниз... На нас посматривают, как на придурков! Но мы-то умные! На крыше — никого! В бассейне — тоже! Мы посмеиваемся над идиотами, не дошедшими до простой мысли о голубой водичке! Уверенно движемся к заветной цели! Я со счастливой улыбкой опускаю в воду руку, и выражение моей физиономии резко изменяется! Муж глядит на меня скептически — мерзлячка, знаем! Проверяет лично — и, мрачнее тучи, поворачивается к ледяной купели спиной... Но мы должны получить кайф! Поэтому бродим по периметру крыши и рассматриваем *Лидо ди Езоло* сверху! Красота! Море сверкает! Набережная вся в цветах... Через пять минут замерзаем, потому что ветер насквозь продувает, возвращаемся к себе в номер, переодеваемся. Выходим на улицу, а там, вестимо, уже дождь.

Но мы гуляем по набережной, фотографируем экзотические кустарники и стайки разноцветных зонтиков на пляжах...

Так проходит пару дней... Мы решаем съездить в Венецию. Утром выезжаем автобусом. Уже по дороге понимаем, что день будет солнечным и знойным. В Венеции, естественно, изныаем от жары. Я не буду вам рассказывать о достопримечательностях Венеции с ее непередаваемой аурой, светом площадей, отражениями соборов и церквей в каналах, мелкими, темными переулочками по пути к собору Святого Марка и сотнями белых голубей на площади возле дворца Дожей. С таким же успехом можно объяснять на словах вкус земляники, запах розы, шум моря... Без опыта собственных ощущений затея заранее обречена на провал.

Но все же некоторыми личными впечатлениями я поделюсь. Гондолы великолепны и торжественны. Гондольеры фактурны, колоритны и величавы. Их мускулистые, поджарые, тренированные тела вызвали у меня ассоциацию с орловскими рысаками. Зато взгляды соколиные и довольно плотоядные. Не в смысле эротики, а в смысле богатых пассажиров. Оценивают каждого идущего мимо за долю секунды. Наши легкомысленные простенькие «бруки» и маечки у них большого восторга не вызвали. Да мы в клиенты и не напрашивались. Времени было не так много, и мы все оббегали пешком.

Оценили по достоинству стрелочки на темном пути к мосту Риальто, ибо мы не чаяли найти туда дорогу в хитросплетениях и лабиринтах старого города. Однако указатели расставлены так, чтобы все туристы следовали исключительно мимо великого множества самых разнообразных и пестрых лавочек с сувенирами, всемирно известными безделушками из венецианского стекла и прочими вожделенными мелочами. Мы улыбались смекалке торговцев и все же были очень благодарны за эти спасительные стрелки. По ходу умилились коллекциям стираного дамского нижнего белья, непринужденно вывешенного на веревках между окнами замшелых домов над каналами.

На площади Святого Марка мы чудом не заказали себе кофейку по пятьдесят евро за чашечку (цены не указаны нигде, но у меня хватило ума осведомиться о стоимости удовольствия) и быстро унесли ноги подальше от знаменитого кафе. Ноги нас, правда, уже еле носили, но наша попытка приземлиться прямо на бордюр по краю площади была немедленно пресечена стражами порядка, поскольку сидение как процесс предусмотрено только для распития выше упомянуто кофею. В конце концов, мы нашли лавочку уже за пределами площади, но зато прямо на берегу залива. Полюбовались живой, сияющей аквамариновой гладью, послушали серенады уличных музыкантов, слопали припасенные бутербродики, запили минералкой (у нас собою было!) и потрусили дальше. Времени было в обрез, поскольку автобусы ходили с большими перерывами, а перспектива ночевать на берегу Венецианского залива нас не слишком вдохновляла. Побродив еще немного и окончательно убедившись, что наши организмы скисли от жары и усталости, мы отправились обратно в Лидо ди Езоло. Гостиница показалась раем земным, где мы и провели оставшиеся пару дней отпуска. Холодных дней, надо сказать.

Естественно, в день отъезда погода окончательно наладилась и не портилась, как показывали метеосводки, в течение всего лета. Ну это понятно, ведь мы оттуда уже уехали, так что погоду некому было портить!

Но на этом наши приключения не закончились. Длительные и сильные дожди привели к наводнениям в Италии, Австрии и на юге Германии. Войдя в вагон поезда Венеция — Мюнхен на вокзале Санта Лючия, мы услышали объявление: «В связи с наводнением движение поездов ограничено, мы не гарантируем проезд к цели назначения» (то бишь до Мюнхена). Пока мы с мужем ошарашенно смотрели друг на друга, поезд дернулся и потихоньку покатил вперед. Что ж, пришлось положиться на судьбу... Состав следовал со всеми положенными остановками, динамик снова и снова на четырех языках (итальянский, немецкий, английский, французский) повторял свою угрожающую речь. Показалась Верона. Миновали и ее. Начали забираться в горы. Реки по ходу движения не внушали доверия, пузырились мутной, пенистой водой, добиравшейся почти до рельсов. Наконец, мы уехали так высоко, что стали недосягаемы для наводнений.

Добрались до уже знакомого нам пограничного Бреннера. И вот тут-то... «Поезд дальше не пойдет, просьба немедленно освободить вагоны». Эге, ребята, что это вы удумали? Это же не метро, как ни говорите! Альпы, перевал, снежок на вершинах... Но по вагонам идут кондукторы и всех пассажиров буквально выпихивают наружу. Высаживаемся. Горы, горы, горы... Температура воздуха — плюс одиннадцать. Это после тридцати пяти градусов жары в Венеции. Мы в футболках с коротким рукавом. Надо бы достать курточки из чемодана, но мы не решаемся его открывать, поскольку непонятно, что произойдет в следующую минуту. Постепенно синеем и покрываемся пупырышками. Сотни людей на длинной, унылой платформе...

Проходит пять минут... десять... пятнадцать... И тут...

Из-за поворота один за другим вылетают несколько десятков автобусов. Всех путешественников в темпе аллегро загружают в салоны, посадка занимает от силы десять минут. Вжик! — и караван трогается с места. Никого не забыли. И даже нас — ну очень везучих! — прихватили...

Машины круто забирают в гору. Очень скоро облака оказываются сначала рядом с нами, а потом существенно ниже траектории движения. Глубоко в долинах мелькают зеленые ниточки рек (тех самых, наводненных) и серые пружинки автотрасс. Серпантин, отграниченный от пропастей лишь придорожными столбиками, отчаянно петляет, но лихие, ко всему привычные водители и не думают сбавлять скорость. Несколько головокружительно все это... Сижу и решаю задачку по физике: если автобус сверзится с высоты пару тысяч метров, то как долго мы будем катиться вниз по крутым склонам до самого донышка? Ответ: достаточно долго, чтобы успеть насладиться пейзажем и процессом. Ну вот и славненько... Делюсь результатами вычислений с мужем-физиком. Он одобряет ход моего мышления. Радуюсь. Потом супруг отрывается от фото- и киносъемки (он времени зря не теряет!) и начинает рассуждать.

— Во-о-он там, на вершинах гор, домики, видишь? Так вот, я думаю, если тамошним обитателям, к примеру, нужны хлеб и сыр, ну, и пивко, конечно, то это ж сколько времени надо, чтобы вниз сгонять? У них там, на верхушках, небось, супермаркеты не предусмотрены... А если все же

сгонять, а потом дома обнаружить, что сигареты купил, а зажигалка не работает и спичек нету? Так что, опять к подножию чесать?

Я отвечаю, что наверняка можно заказать экстренную доставку зажигалки на вертолете или же, в конце концов, построить какой-никакой фуникулер для удобства жизни. Моя идея мужа воодушевляет, и он объявляет, что так жить можно. Однако через несколько минут мой пытливый физик снова озадачивается.

— А если народ решит двумя командами — верхушка с верхушкой — в футбол играть? А мячик-то вниз все время будет скатываться! Как тогда?

Я предлагаю прицепить мяч к резинке длиной пару километров и пулять его на этой резинке туда-сюда между двумя горами, а если укатится вниз, то элементарно подтянуть из долины на нужную высоту.

Тут наш обмен идеями прерывается, поскольку автобусы делают санитарную остановку. Мой курильщик хватается за сигареты и мчится «подышать свежим воздухом» (зажигалки у него рассованы по карманам в избытке). Я выхожу наружу и осматриваюсь. Мы остановились прямо в облаке. Оно везде: слева закрывает вид на долину, справа затуманивает нависшую над дорогой гору... Впереди и сзади видимость тоже стремится к нулю. Хорошие делишки, однако... Муж абсолютно пофигистским образом успокаивает меня, что здесь дорога одна, перекрестков не наблюдается, авось не заблудимся. Тем более, водители знают дорогу и могут ехать с закрытыми глазами, и никакие облака и туманы их с верного пути не собьют. Но меня, закоренелую пессимистку, такие аргументы не убеждают. Опять начинаю решать в уме задачку на скорость скатывания с горки. В сей момент раздается команда, и мы влетаем в автобус. Уж не знаю, какой прибор встроен в мозги водителей, но из облака мы выкатываемся благополучно. Начинается плавный спуск по серпантину. Облака постепенно перебираются вверх, а караван въезжает в долину.

День клонится к вечеру, и мы изрядно нервничаем. Судя по дорожным указателям, мы катим по Австрии, и до границы с Германией еще пилить и пилить. А в Мюнхене у нас ночной поезд, спальный вагон, места забронированы. Если вовремя не успеем добраться до столицы Баварии, будем куковать всю ночь на мюнхенском вокзале. Следующий поезд в нашу сторону пойдет только утром.

Ландшафт тоже не слишком успокаивает. С гор-то мы слезли, а вот в наводнение въехали. Опять вдоль дорог катятся мутные, темные к вечеру потоки. Водители лавируют между уже перекрытыми трассами и еще проходимыми проселочными дорогами. Переезжаем мосты и видим воду почти под колесами автобусов. Быстро темнеет. Начинается сильный дождь. Это не прибавляет оптимизма.

Мы едем-едем-едем… Ладно, едем — и хорошо! Раз катимся вперед, значит, еще не все потеряно! И — о чудо! — указатель: «Мюнхен 5 км». Весь автобус воодушевляется, народ расправляет плечи, шевелится, хихикает, словом, жизнь снова прекрасна! Въезжаем в город, мчимся по совершенно сухим автобанам. Ура-а-а! Вокзал! Мы прибыли на пятнадцать минут раньше, чем запланировано! На ночной поезд успеваем! Бурно благодарим наших суперводителей и ныряем в чрево зала ожидания.

Есть даже время попить чаек-кофеек с булочками! Через десять минут выясняется, что наш состав уже подали на платформу, мы вваливаемся в купе и облегченно выдыхаем. Дальше все по расписанию и без сюрпризов. Утром мы дома.

Ну, что? Как вам наш вояж? Хотите так провести свой отпуск? Нет? А почему? Мы лично были очень довольны. Нестандартно, нетривиально, неординарно! И, главное, есть что вспомнить, не правда ли? Мой супруг до сих пор мне поминает пляжные тапочки для защиты ступней от раскаленного песка! Присоединяйтесь к нам, уважаемые дамы и господа, и незабываемый отпуск вам гарантирован!

ЗИГЗАГИ СЧАСТЬЯ

Все начинается с того, что как раз в Страстную пятницу начальство отправляет меня на повышение квалификации в Марбургский университет. К этому мероприятию примыкает запланированный трехдневный отпуск. В общей сложности пять дней. Решаем с мужем путешествовать на машине.

Итак, едем!

День первый.

Поначалу скучно: безукоризненно серый асфальт, скоростная трасса, гончие стаи машин в погоне за удачей, переливающиеся с одной полосы на другую в надежде ухватить за хвост предмет преследования… Реклама нездорового образа жизни… Автозаправки зазывно стоят на обочинах… Словом, обычный джентльменский набор автобана…

Но, кажется, начинается…

Дорога уже пляшет гопака, выкидывая коленца то влево, то вправо, вприсядку летит вниз, вскидывается вверх, показывает языки ухающих поворотов. Мы круто забираем в гору, и наморщенные лбы облаков упираются в лобовое стекло. Долины и склоны покрыты нежным майским пушком рощиц и лугов. Доминируют оттенки бежевого и салатного.

К горам прилеплены скопления издалека выглядящих одинаково белых домиков с вишневыми крышами. Иногда они напоминают игрушки, расставленные на полочках гор, а иногда — набор белых школьных мелков, приросших к коричневой доске дальнего холма.

Траектория нашего движения становится более плавной. Появляются горизонтальные плоскости, раскрашенные в золотистые, изумрудные и винно-красные тона. В частности, распознаем виноградники, которые любовно тетешкает предзакатный ветерок.

Машин все меньше. Солнца тоже. Петляем по уже откровенно сельской местности. Знакомые белые домики теперь толкутся по обеим сторонам нашего пути. Еще пара поворотов — и вот он, наш горный отель в предместье Марбурга.

Фойе. Камин. Роскошные кресла. Диван, застеленный белым пледом. Юный, но очень деловой портье.

Нам отводят уютный номер в тишайшем флигеле. Окна выходят в сад с фонариками. Обрамленный камешками фонтанчик с лунной подсветкой пульсирует белыми пенными вспышками. Бледно-сиреневые светильники расцветающей магнолии нежничают с наступающим вечером.

День второй.

Завтрак выше всех похвал. Выкатываемся из-за стола, как два раздувшихся колобка. Едем в университет, где я должна сегодня резко повысить свою квалификацию. Опять сплошное петляние, теперь уже по городским улицам. Спасибо навигатору, он уверенно ведет нас через цветущие лабиринты. Нежно-розовые сакуры, сливочные магнолии, масляно-желтые форзиции выглядывают из двориков. Мы катимся вниз к реке, потом снова карабкаемся вверх. Наконец, припарковались возле университетской клиники. Пока я внимаю мудрым профессорским речам, мой муж на приволье гуляет в парке и слушает диск «У радиолы» — зарубежную эстраду пятидесятых… Позже встречаемся, оба довольны.

Снова круто вниз. Марбург — это две ладони, сложенные под углом. К ладоням-склонам приклеены мелкие дома-ракушки, в ложбинке — река. Переползаем с одной ладони на другую. Оставляем машину на крутом перевале очередной улочки и дальше продвигаемся на своих двоих. Машины, к сожалению, не умеют преодолевать лестницы. А мы хотим в замок на горе. Чтобы не демонстрировать бодрым аборигенам нашу «спортивную суперформу», периодически делаем вид, что делаем фотки или любуемся видом. У-ф-ф! Взобрались!

У входа в замок на возвышении красуется двухметровая аляповатая дамская туфля — на высоченном каблуке, цвета свежего сырого мяса. Надо понимать, туфелька Золушки. Напротив — вход в ресторанчик. По-видимому, Золушка ныне трудится там.

Каменная арка, легкая гитарка, юноша с косицей, рыжая девица… Изумительный резонанс под темным старым сводом…

Двигаемся дальше. Бронзовый кабанчик по правую руку. Из пасти течет струйка воды. Можно подставить ладошку и напиться. Для опасливых и сомневающихся привинчена металлическая табличка: «Trinkwasser» (питьевая вода). Мой муж пьет, а я, занудная докторша, все же воздерживаюсь.

Еще несколько шагов — и замок перед нами. Описание пропускаем. Отметим только высоко на стене ярко-синие часы с золотыми стрелками, сияющими под лучами солнца. Поворачиваемся к замку спиной — и дыхание перехватывает! Мы на краю каменной террасы, перед нами только небо. Внизу две ладони Марбурга. На одной из них балансирует грациозный шпиль готического храма с золотым петушком на верхушке. Сады и парки стекают зеленой лавой вниз по склону. Поперек потока пробиваются крошечные разноцветные людские ручейки и снуют мини-машинки, как раз в самый раз для этих человечков-гномиков, копошащихся внизу. Безостановочно фотографируем это залитое солнцем великолепие.

Спускаемся. Это легче. Плетемся потихоньку, добираемся до нашей машины. Ухаем под углом градусов семьдесят вниз до перекрестка. В самый ответственный момент из-за очень крутого поворота узенькой улочки внезапно выруливает огромный беззаботный туристический автобус, а нам, кроме каменной стены справа по ходу, деваться некуда. Но бывалый водитель автобуса просто уезжает на пешеходную дорожку (благо, в этом месте пусто), и мы протискиваемся в переулок. После такого стресса мы немедленно едем в гостиницу! Пока хватит с нас!

Уже начинает смеркаться, когда мы решаем прогуляться. Ветер. Довольно холодно. Над вершиной горы еще висят остатки коралловой закатной ткани. Опять белые домики. При ближайшем рассмотрении они крест-накрест украшены темно-вишневыми деревянными балками. Так старушки повязывают в холодное время года пуховые платки. Возле каждого домика — фонтанчик, фонарик и, конечно же, садик. Фантазия неистощима. Вся палитра красок в причудливых сочетаниях. Никакого китча.

Замечаем березу в разноцветных ленточках, плещущихся на ветру. Значит, играют свадьбу. Подходим поближе. Из-за высоких кустарников ничего не видать. Слышны музыка и веселый многоголосый говорок.

Гуляем по тихой, в это время практически безлюдной горной деревушке. Только изредка прошмыгивают машины. Быстро темнеет. Зажигаются фонарики. Ночь. Ночь Светлого Христова Воскресения.

День третий.

В получасе езды от Марбурга находится небольшой университетский город Гиссен. Мы едем в православную общину на пасхальную литургию. Ее окормляет иеромонах отец Киприан: седая борода, очень живые глаза, едва заметный немецкий акцент (немец, крещенный в православии), но легкая, ясная речь.

Народ прибывает, церковь заполняется до предела. На столы в затейливых выставляют куличи, крашеные яйца и прочую снедь. Выстраивается хор, звучат первые пасхальные напевы.

Можно ли живописать литургию в Светлое Христово Воскресение? Эти светлые лица, озаренные янтарным пламенем сотен свечей… Праздничное волнение священнослужителей… Бесконечно повторяемый возглас: «Христос воскресе!» — и сливающийся в единый выдох, ликующий ответ сотен прихожан: «Воистину воскресе!»

После службы батюшка освящает куличи, окропляет нас святой водой. Забираю свою корзиночку, выхожу на улицу. Яркое солнце. Огромная цветущая черемуха у входа. Нарядная толпа православных растекается по улицам, несет драгоценную ношу домой.

Далее наш путь лежит в Кассель. Буквально сразу же по выезде из Гиссена начинаются «американские горки». Нет, горки, конечно, немецкие, но перепады высот на трассе таковы, что мы взлетаем и опускаемся, как кораблик на волнах в восьмибалльный шторм, — и все это на автобановских скоростях! Медленно ездить на автобане нельзя, запрещено! В общем, трюк под куполом цирка! На мои панические повизгивания муж не реагирует и шурует дальше тем же манером. Ох, наконец, показался Кассель, и 60 км/час по городу — это просто блаженство! Долго крутимся по центру, наконец, добираемся до отеля, расположенного прямо возле ратуши. Немного отдохнув, отправляемся обозревать окрестности, гуляем до вечера по старому городу (точнее, по тому, что от него осталось, поскольку старинный Кассель во время войны был почти полностью разрушен).

День четвертый.

Едем на трамвае за окраину Касселя. Пересаживаемся в автобус, который сразу же круто закладывает вираж и несется к вершине горы. Выходим. Знаем, что цель нашего путешествия лишь ограничено доступна, поскольку в Западной Европе в понедельник все музеи, за́мки и прочие достопримечательности на замке́. Но надеемся увидеть так называемый Каскад (охраняется ЮНЕСКО) во всей его красе, поскольку у природы выходных не бывает. Вершину горы увенчивает медно-зеленая видавшая виды скульптура Геркулеса, которая, в силу ее «высокого положения» видна из любой точки Касселя. Вблизи, однако, Геркулес имеет весьма жалкий вид, напоминает спившегося, но еще помнящего лучшие времена олимпийского чемпиона. К тому же он от пяток и до живота окружен строительными лесами, поскольку ему пытаются вернуть былой облик. Короче говоря, не впечатлил.

Метров через сто начинается терраса, окруженная частоколом черных островерхих камней, наводящих на мысль о логове дракона или еще какой-нибудь нечисти. Заглядываю в просвет между камнями, и меня как будто ледяной волной окатывает. Крутая лестница из черных камней, ниже снова «драконовские» зловещие террасы … А потом… Потом начинается зеленая пропасть, освещенная ярким, резким солнцем. На глазок — глубина несколько километров. Где-то там посредине и справа на маленьком плато «сказочный замок». Конечно же, из черных камней. Абсолютно жуткий вид сверху. Просто потусторонний. Полное безмолвие. Ни малейшего намека на присутствие жизни. Только заглатывающий взгляд бездны.

Мысль: долина смерти. Какая-то смутная ассоциация с гибелью древних цивилизаций — майя? Инки? Вход в царство Аида?

Я круто разворачиваюсь и даю оттуда деру к великому неудовольствию моего мужа, который как раз жаждал сфотографировать вблизи все эти заморочки. Фигушки! Я рысью мчусь к автобусу, влетаю в него и только тогда перевожу дух! Впечатлительная я поэтка, но, как говорится, что выросло, то выросло… Сюда меня больше не затянут ни за какие коврижки!

Возвращаемся в лоно цивилизации, болтаемся по центру Касселя. Снова лестница с террасами. Но на этот раз по обеим сторонам — водопады цветущих деревьев, волны весенних ароматов… Вверх-вниз летают стайки птиц и студентов. Над кронами с верхушки на верхушку весело перекатывается солнце. Десятиминутный спуск — и мы в нижнем городе, на берегу реки Фулды. Отлично известно, что если я дорываюсь до водички, то оттащить меня никакими силами невозможно. Поэтому мой муж философски усаживается курить на парапете, а я фотографирую все подряд. В частности, нечто синенькое метра четыре высотой. Я полагаю, что это якорь, муж скептически оглядывает конструкцию и определяет ее как вбитую в набережную кирку. Ладно, я в технике не сильна. Но зато под сенью этой инсталляции на травке упоенно целуется влюбленная парочка. По набережной гоняют веселые велосипедики. Мимо по реке шастают шустрые катерки. К водичке склонились сиреневые, белые, желтые цветочки. Заметили ласкательные суффиксы? Это потому что я солнечно, по-майски, счастлива! И не надо мне никаких ваших замков и каскадов…

День пятый — это возвращение домой. Мы въезжаем на серый автобан и в серый, нудный дождь… Но на полотне памяти остались разноцветные зигзаги счастья с пестрыми, яркими толпами воспоминаний на обочинах… Преобразую краски в слова и выношу на свет… Вот они стоят и, щурясь от солнца, смотрят в мир… Примите их в свои ладони...

СТАРЫЕ СКАЗКИ КОБЛЕНЦА

Наш короткий отпуск начинается с неспешного отправления поезда на юг Германии, в Кобленц, туда, где почти под прямым углом соединяются друг с другом две могучие реки — Рейн и Мозель. Место слияния так и называется: Немецкий угол. Едем взглянуть на него. И не мы одни. Это становится ясно с первых минут прибытия в город: привокзальная площадь запружена туристами.

Погружаемся в Кобленц. Именно погружаемся. В тишину. В мелкий теплый дождик, пропитанный светом солнечной пряди, выбившейся из предзакатной тучки. В стекающие под уклон улочки в обрамлении затейливых особняков. В ароматы цветочного великолепия. Медленно плывем вниз, к Рейну…

Представьте себе, что вы из толкотни, шума, вечной спешки внезапно попадаете в светлый подводный немой мир, и он милостиво открывает одно сокровище за другим, переливается, сверкает — в полной тишине, дабы ничто не отвлекало от восхищенного созерцания неисчислимых чудес…

А чудеса начинаются уже с первых шагов. Как в замедленной съемке, появляются и сменяют друг друга двухметровые кусты пурпурных роз, карминовых рододендронов, аметистовой и перламутровой сирени. Причудливо чередуются архитектурные стили: классика, рококо, барокко, модерн. Барельефы, гербы, лепнина. Сумрачно глядит на беззаботную парочку (это мы!) занятый серьезным делом держания балкона атлант.

Строгий каменный дом, оплетенный легкомысленными кремовыми цветами, так что каждое окно оказывается в кружевной рамке. Четыре белых гипсовых грации, стоящие у входа в очередной милый дворик. Они полуобнажены и поэтому смущенно прикрываются ветками кустов, но все же поглядывают и улыбаются весьма кокетливо. Мы фотографируем, девушки с удовольствием позируют. В силу длительного пребывания на свежем, но влажном воздухе они местами черноваты, курносые носики несколько потрескались, но грации полны очарования, и язык не поворачивается назвать их замарашками.

Улица слегка изгибается, мы заглядываем за поворот и — а-а-ах! — берег Рейна. Противостояние неба и воды. Тучи и волны. Полукилометровой ширины поток расплавленного олова, грозно несущийся мимо ошеломленных берегов. Мощь течения осознаешь, глядя на беспомощное трепетание и трепыхание кустов, по воле стихии оказавшихся во власти безудержной металлической лавы. Белые теплоходики и катера выглядят испуганными чайками на спине дракона, чьи хвост и голову скрывает горизонт. Под взмахами ветра волны переливаются тускло-серебристыми чешуйками. Дракон играет мышцами.

Но вот тучи редеют, и остатки света падают на реку. Дракон немедленно исчезает, уступая место необъятных размеров крокодилу (час от часу не легче!) с его серовато-болотной бугристой кожей. Чудовище медленно продвигается по фарватеру и прячется за фермами моста. Вода, освободившись от гнета, постепенно наливается оттенками изумруда и нефрита. Белые ангелы-голубки кружатся над набережной…

А нам, наконец, удается оторвать взгляд от реки и посмотреть на противоположный берег.

Глаза автоматически распахиваются (хотя и так уже квадратные), а рот, естественно, открывается… Берег-то весь густо утыкан башенками замков и шпилями церквей, как подушечка портнихи булавками, и вся эта архитектурная знать постепенно взбирается высоко по склону горы, ближе к вершине забредая в лес.

Очередным восторгом набережная обрушивает шквалы аромата цветущих глициний оттенка вечереющего неба, розовато-молочных акаций, спело-жемчужного жасмина. Мы шаг за шагом продвигаемся к Немецкому углу мимо радужных пахучих клумб и куртин, уютных прибрежных кабачков с живописными вывесками, мшисто-коричневой крепостной стены, переходящей в мост через Рейн…

Вот… Вот он, этот «угол»… Разве это угол?!… Перед нами сияющая парабола слияния двух мощных потоков! Мозель как бы приостанавливается, преклоняясь перед великим старшим братом, влетает в его стремительное течение, и дальше они мчатся уже плечом к плечу, безудержные и неукротимые…

Это единение осеняет могучей дланью кайзер Вильгельм Первый. Он пристально глядит с пятидесятиметровой высоты на заревую линию горизонта, за которую стремглав несется свинцовая кровь двух братьев.

На берегу Мозеля восседает старый Кобленц. Вступая в его пределы, хочется сделать книксен. Века расступаются, впускают нас и тут же смыкаются за нашими спинами. И начинается круговерть…

Улочка прильнула к золотым вратам церкви… Фонарь на углу освещает прошедшие мимо четыреста лет… Крыши примеряют каменные кружева… Тончайшие шпили стараются не повредить серые бархатные облака… Миражи одиночек и пар возникают и снова растворяются в теплом сумраке бисерного дождя. Волны нежного вечернего света перекатываются по блестящим мокрым мостовым… Фонтан танцует на пустынной площади, привольно раскинув сиреневые руки-струи и кивая в такт кудряво-пенной головушкой… Алые лаковые стулья на террасе пока еще не заполненного посетителями кафе радуются свободе пустоты и стуком дождевых капель аплодируют танцору…

Утро… «Мы в город изумрудный идем дорогой…» чудной, а вовсе и не трудной… Розы в отсветах рос… Росы на осях роз… Солнечно-ароматный сноп капель, сброшенный ветром с цветущих акаций… Авангардный автобан… Под ним переход с чугунными решетками на стенах… Переход куда?.. Ах, конечно же, в парк дворца курфюрстов… Шаг вперед, поворот, и вот…

Многоступенчатые каскады цветников, клумб, лужаек... Представлен весь цветовой спектр со множеством оттенков... Не берусь перечислять названия... Понятия не имею, как именуются многие пышные представители этого растительного великолепия. Кланяюсь отдельным знакомцам, но их немного. Что же, пусть хранят свое инкогнито!

Золотая стрела солнечных часов указывает нам путь...

Выходим из парка на берег Рейна... О, впереди чудесный замок! Спешим туда и натыкаемся на закрытые ажурные ворота. У короля неприемный день? Вот те на! Подходим к центральному входу — ха, все очень просто! В замке обосновалось Главное управление Бундесвера со всеми вытекающими последствиями. Так что посторонним вход заказан! Ладно, не очень-то и хотелось!...

Сто метров вглубь го́рода, времени, памяти... Каменный остов (остров?) древнеримских укреплений... Рядом развалины средневекового монастыря. Над ними нависла «новая», «всего лишь» двухсотлетняя церковь... Бродим, фотографируем. Да разве передашь всю эту тишину и величие...

Ныряем в калитку и оказываемся перед большим «Пальцем Цезаря». Он поднят вверх в знак милости и дарования жизни. Высотой метра три. Толщиной в два обхвата. Темная бронза. Пальцевые узоры вполне пригодны для дактилоскопии. Я, конечно же, выставляю свой маленький большой палец вверх и фотографируюсь в обнимку с огромным пальцем (не достаю ему даже до пояса).

Следующий по курсу — «Плюющийся». Подросток со старушечьим остреньким личиком презрительно поглядывает на туристов с высоты постамента. Кого-то он мне напоминает... О, поняла: старуху Шапокляк! Поскольку пацан возник намного раньше, чем знаменитая вреднючка, то он, наверное, приходится Шапокляк прадедушкой!

Короче говоря, народ расслабленно созерцает достопримечательность, и тут внезапно из ротика этого очаровашки вылетает струя воды примерно на два метра вперед. Словом, кто не спрятался — я не виноват! Мы, стоя в сторонке, пытались вычислить периодичность плевков, но так и не усекли закономерности.

Пересекаем площадь перед колледжем иезуитов, замираем перед водопадом серебристых колоколов у входа в храм... Дотрагиваемся до золотых корон на решетке под аркой, ведущей во дворик с лужайкой живых крупных ярко-синих колокольчиков...

Далее кружим по бесконечным переулкам и закоулкам, мимо фахверковых домиков, затейливых балкончиков, разноцветных масок и колоритных фигурок, живописных вывесок с вензелями...

Вечером на противоположном берегу Рейна лучи заходящего солнца заливают расплавленной медью окна храмов и замков. Потом все темнеет, как в театре перед началом спектакля. И начинается ночное действо... Там, за рекой, загораются янтарные отсветы, невидимый режиссер распоряжается включить теплый свет в сказочных дворцах. На воду проливаются медовые потоки, поздние катера кружатся в вальсе вокруг причалов... Высоко, почти под небом, вспыхивают огни старой крепости. Словно в ответ, рассыпается сияние по мосту через Рейн, и на волны ложатся трепещущие аметистовые, сердоликовые, хризолитовые дорожки...

Ранним утром мы приходим прощаться с Рейном. Слушаем тихий плеск у старой пристани. Принимаем принесенные в ладонях волн золотые слитки солнца. Малахитовый катерок-ящерку. Агатовую медленную баржу. Жемчужный торжественный кораблик по имени Paloma Alba. Белая голубка. Ангел Рейна.

ЗЫБУЧИЙ ОТПУСК, или КОШМАР НА УЛИЦЕ ПЛЯЖЕЙ

Несколько лет назад выпал мне коротенький отпуск в июле. Далеко ехать нет смысла. Вот я и думаю себе, надо как-то нестандартно, небанально время провести. Небанально, говорите? Ладненько... Листаю я каталоги турагенств — вот оно! Остенде — западное побережье Бельгии, лучшие пляжи мира, белый песок... Туманный Альбион, можно сказать, через дорогу, то есть через пролив... От нашего городка до Остенде пять часов поездом... Скажите, чего еще желать? Немедленно заказываю гостиницу с выходом на лучший в мире пляж — и достигаю заветной цели согласно

железнодорожному расписанию.

Как водится, мой приезд ознаменовывается дождем и похолоданием. Но меня этим не удивишь, у нас никто и никогда не выходит из дому без зонтика, потому как дождь — это хроническое состояние нашего климата. Иду по Остенде. Удивительно красив! Сочетание колониальной роскоши (белые виллы и отели, пальмы, экзотические цветы) и рыбацкой атрибутики. У вокзалов — железнодорожного и морского — одна общая площадь, такая вокзально-причальная и печальная, поскольку на ней установлен памятник рыбацким женам, уже много десятилетий ждущим своих ушедших в море мужей. У причалов стоят корабли, напоминающие дома. Чуть поодаль на берегу — дома в виде кораблей. Один из них выглядит как парусник, летящий по волнам. Двигаюсь дальше и попадаю в огромную гавань, заполненную уже настоящими парусными яхтами. Снежно-белые паруса трепещут под ветром, и кажется, что огромная лебединая стая села на воду и в один миг расправила крылья. Брожу по пустынной набережной. Наблюдаю единичные экземпляры энтузиастов с зонтами. Над променадом памятник королю Леопольду высится до неба. Грозный король на коне на фоне темных, почти грозовых туч — зрелище величественное и грандиозное! Еще одно потрясение — церковь святых Петра и Павла. Ее кружевная, воздушная грация навевает мысли о неземном происхождении... Брожу, брожу в восхищении до самых сумерек...

Следующим утром вылетаю из гостиницы и мчусь на пляж. Хм... Солнышко светит, море темное, но тихое, воздух прохладный, но не слишком... А пляж почти пуст... Купающихся в поле зрения не наблюдается... Ладно, думаю, вода еще не прогрелась, это же вам не Адриатика, а Северное море... Подождем до полудня. Гуляю. Жду. На пляже появляется группа высоченных волейболистов, они начинают кидать мячик, мотаются туда-сюда, хохочут, дурачатся, но не купаются. Вот неженки какие, втихомолку иронизирую я! Решаю показать им пример, скидываю шлепанцы и бреду босиком по воде. Да теплая же! Меня так и подмывает подойти и спросить: ребята, в чем дело? Вот море, вот волны... Чего не хватает? Макните свои спортивные тела в воду и начинайте загорать на лучшем в мире белом песке! От вопросов меня удерживает лишь то обстоятельство, что Остенде — это Фландрия, а с фламандским языком у меня не густо. Да... А море-то по-прежнему пусто. Топаю по пляжу вдоль линии воды. Ни одного плавающего. Нигде. Только отдельные загорающие.

Помните анекдоты советских времен про Зоркого Сокола? Был такой фильм про индейцев с Гойко Митичем в главной роли, и мы в детстве в этих индейцев играли с утра до ночи. Так вот, в одном из анекдотов попал Зоркий Сокол в плен к ирокезам, и заперли они его в сарае. Но Зоркий Сокол не растерялся и на пятый день заметил, что в сарае нет одной стены...

Вот так и я, как этот внимательный боец, гуляла по лучшему в мире пляжу полдня, пока, наконец, не обратила внимание на странные таблички, торчащие из воды через каждые двадцать метров. А на табличках всего два словечка: *купаться запрещено*. Я сначала решила, что это такая шутка, мест-

ный фламандский юмор... Думаю, народ шуток не понимает, потому и не купается. Сейчас я все проясню и им всем объясню. Выбралась я с пляжа на променад и начала кого-нибудь знающего выискивать. Вижу, тетя с кошелкой идет, на туристку никак не тянет. Я к ней — объясните, мол, что за таблички такие! На смеси английского и немецкого (фламандский все же довольно близок к немецкому) начинаем общаться. И тут она на английском произносит два слова, от которых меня сразу продирает мороз по коже: shifting sands — зыбучие пески. Все морское прибрежное дно покрыто зыбучими песками. Затягивает моментально и, естественно, безвозвратно. Были, были любители острых ощущений и экспериментов — да упокоит Господь их души!

Сразу вспоминаю Уилки Коллинза и его роман «Лунный камень». Помните, там вся история разыгрывается в дюнах с зыбучими песками... Короче говоря, в ясный погожий день мне сразу становится холодно, и я улепетываю в отель, на всякий случай по дороге ощупывая ногой асфальт. Может, тут у них все зыбучее? Сижу в номере и понимаю, что идея нестандартного отпуска реализуется просто блестяще...

А солнышко припекает все сильнее, море за окном сверкает все ярче. Людей на пляже уже полно. Ясно дело, в море никого.

Плюнула я на все и пошла на пляж. Вроде бы жарко, но с моря дует резкий, довольно холодный ветер. У нас на такой случай можно штрандкорб арендовать — такую себе кабинку с диванчиком внутри и откидывающимся верхом. Разворачиваешь так, чтобы ветер не дул, диванчик раскладываешь и загораешь в свое удовольствие... А здесь никаких таких приспособлений не наблюдается. Смотрю — народ уже решил проблему! Каждый роет себе ямку в песке в соответствии с размером собственных телес, потом в ямку полотенце — и лови кайф! Я поступила еще проще: влезла в кем-то вырытую и уже покинутую ямку и как женщина малогабаритная вполне вписалась в параметры.

Вот так началась моя нестандартная пляжная идиллия! Но самое интересное, что мне действительно там было хорошо! Во время отлива обнажались эти самые зыбучие пески, а, точнее, мельчайший ракушечник осенних тонов, покрытый зеркальными осколками оставшейся морской воды, отблескивающей под лучами полуденного или заходящего солнца, и у меня возникало ощущение, что я допущена в парадные залы прекрасного королевского дворца, уходящие в бесконечную даль... Белые небоскребы вдоль побережья окрашивались то в золотистые, то в нежно-абрикосовые тона на фоне постоянно меняющего оттенки неба... Приходили лиловые или темно-зеленые тучи и отражались в зеркалах отлива...

Над морем и пляжем кружились белые птицы, которых зыбучие пески нисколько не волновали. Я не сильна в орнитологии, поэтому определила их как чаек. Но вполне возможно, что это реяли гордые буревестники или шастали прозаические бакланы, моментально выхватывая из рук зазевавшихся разинь куски печенюшек, в изобилии продающихся в киосках. По крайней мере, я решила классифицировать птичек как больших и маленьких. Маленькие — эдакие изящные дамочки — томно склевывали кусочки с ладоней туристов, словно на великосветском фуршете. Вот этих я определила как чаек. Но были еще и здоровенные биндюжники, наглые и оручие, готовые сесть на голову в буквальном смысле слова! Эти беспардонные болваны получили у меня имя «чай», поскольку со светлым образом чайки чеховской или Джонатана Ливингстона никак не вязались.

...Однажды поздним вечером (да, вы правильно подумали, что все так гладко у меня идти не может!) я задернула шторы на окне своего гостиничного номера, находящегося на втором этаже, взяла в руки очередной детектив (без них я в отпуск не езжу) и приготовилась со вкусом почитать в постельке перед сном.

Еще раз полюбуемся декорацией к пьесе: на часах половина одиннадцатого, за окном море с зыбучими песками, пустынный темный пляж, одинокий фонарь на столбе, освещающий метров пять пространства вокруг. Я одна-одинешенька в комнате.

И в это время...

Страшный стук в окно! Стук в окно на втором этаже?! Да, именно! Впечатление, что кто-то из всех сил молотит кулаком в стекло! Штора задернута, и от этого еще страшнее... Я спрашиваю себя, не сошла ли я с ума? Может, это галлюцинация? Но, опровергая мои психиатрические гипотезы, стук повторяется с нарастающей силой, и у меня возникает ощущение, что стекло сейчас разлетится на мелкие кусочки, и тогда... Дальше моя фантазия впадает в ступор от ужаса...

Что делает в таком случае нормальная представительница слабого пола? — Правильно: выскакивает в коридор гостиницы и громко кричит: «Help me! Help me!» или, по крайней мере, дрожащей рукой нажимает на телефоне кнопку вызова портье и задыхающимся голосом произносит то же самое...

Что делает женщина абсолютно ненормальная, то есть я? Мчится к окну и отдергивает штору! И что же? Ах, ты, сволочь! На подоконнике восседает «чай» и что есть силы лупит клювом и крыльями по стеклу! То ли бессонница у него, то ли ночная депрессия, то ли жажда общения обуяла... А может, приспичило печенюшце слопать... Я не стала вникать в тонкости душевного состояния милой птички, схватила полотенце, распахнула окно и шуганула его от всей полноты настигшего меня счастья! Мой визави возмущенно заорал, требуя соблюдать законы гостеприимства, но, видя мою разъяренную физиономию, счел за благо ретироваться на фонарный столб, где продолжал громко хулиганить до полуночи, а потом, как и подобает всякой нечисти, куда-то ушился. Заснуть мне удалось только на рассвете.

И все же... Это был чудесный отпуск! Смеетесь? Ну и зря! Я еще, между прочим, побывала в волшебном Брюсселе и старинном Брюгге (никаких экскурсий, все в одиночку, потому что в отпуске надо делать то, что захочет левая нога, а не бродить в послушном гиду стаде безропотных овечек). А фламандские пляжи — самые лучшие в мире! Не верите? Так я вам советую: перечитайте Уилки Коллинза и возьмите билет до Остенде! Не пожалеете!

ОСОБЕННОСТИ НАЦИОНАЛЬНОГО КУПАНИЯ

Помните такую частушку: «Я живу в высотном доме, но в подвальном этаже»? Вот так и мы — живем практически рядом с морем! Но! Рядом с Северным морем! И что? — спросите вы. А то, отвечу я, что фокус в не в том, что Северное море холодное, хотя и это отчасти справедливо, а в том, что приливы и отливы здесь природа обустроила с широким размахом! Вот вроде бы море как море, грязноватое, правда, но все же волны, прибой, все как у людей... Но это в семь утра и в семь вечера. При температуре воздуха плюс пятнадцать по Цельсию купаться как-то не сильно тянет. Не знаю, как вас, а меня точно не тянет. А потом откат воды начинается. Теплеет, солнышко сияет, вот тут бы самое времечко и окунуться. Ну и что? — опять вопрошает читатель. — Кто мешает? Иди и окунайся! А то, говорю я. До моря теперь надо километра три-четыре топать по грязюке, то есть по дну морскому прямо! Море не то что не по колено, а даже не по щиколотку! Грязюка, в смысле... Она гордо именуется национальным заповедником, потому как это ватты...

Нет, не те, которые в лампочке. Ватты — это от немецкого слова Wadden — осушка. Попросту говоря, море во время отлива отступает, морское дно обнажается со всей его флорой, а также фауной, не успевшей улепетнуть вместе с отливом и застрявшей в грязючке. Вот это и есть предмет научного интереса и восторга отдельных любителей! Не знаю, как кто, а я по ваттам этим не ходок! Я купаться хочу, а не брести к водичке за линией горизонта, как Нансен к Северному полюсу... Но, как говорится, хотеть не вредно!

Однако мир не без добрых людей! Присоветовали нам, как этой беде помочь... Есть, говорят, бухточка одна, а перед бухточкой дамбочка... А за нею, как за каменной стеною — ни тебе приливов, ни отливов, купайся круглые сутки, наслаждайся по полной программе!

Ух, ты! — обрадовались мы. В машину — и айда! Приближаемся к вожделенному месту. Дамба метров сто высотой по всей длине побережья. От трассы она чем-то типа колючей проволоки отгорожена. За проволокой травка зеленая, на травке баранчики и овечки пасутся мирненько так... Идиллия полнейшая... Напоминает карпатские полонины... Хоть гуцульский танец начинай!

А к морю-то как, люди?! Ладно, едем дальше! О! Указатель «Северная лагуна» — и море синенькое пририсовано! Оно! Ура! Парковка, лестничка культурная! Овечки в сторонке стоят, за нами наблюдают. Топаем по ступенькам вверх, потом с дамбы вниз! Тааак! Километров на пять вдаль простирается наша милая грязюка, то бишь ватты ... Где-то там на горизонте корабль маячит, как верблюд в пустыне... Посуху, аки по морю... А вот и та самая бухточка с дамбочкой! Радуетесь за нас? А вот это зря! Зря!!!

Проходим через кассу на пляж и оказываемся на берегу лужи средних размеров, от моря действительно отгороженной... Где-то сто метров в длину и в ширину. Гектар примерно. На этом гектаре резвится детишек пятьсот под надзором такого же количества мам, пап, а также бабушек и дедушек, которые плещутся тут же. Водичка не то, что не прозрачная, а очень даже мутная... Подозрительная водичка, скажу я вам! Если отнести ее в ближайшую клиническую лабораторию, то получим усредненный анализ мочи купающегося в лагуне народонаселения. Нет, я ж ничего против не имею... Некоторые в недавние времена для здоровья даже внутрь потребляли...

Да-а... В общем, я честно макнула подошву левой ноги в эту самую жидкость, потом ступню о песочек тщательно протерла, под душиком на пляже промыла для пущей стерильности... Но контакт с морем был! И этого никто у меня не отнимет! Муж мой подвиг повторять не стал, только глянул брезгливо на водоем и по бережку прогулялся. Ознакомился с пляжной фауной, загорающей под приветливым северным солнцем. Повалялись и мы на песочке, похихикали над нашим счастьем морским, потом вспомнили, что грозу ближе к вечеру обещали, а прилива в ближайшие четыре часа не ожидается, загрузились в нашу машинку и помчали домой! Приехали — и тут ливень как хлынет! Пока вышли из машины — вымокли.

А какая разница, скажите мне на милость, от какой воды мокрым быть — от морской или от небесной? По природоведению в четвертом классе советской средней школы круговорот воды в природе проходили? Во-о-т! А вы говорите, негде купаться! Так что приезжайте к нам на южный берег Северного моря! Уж что-что, а вода с неба у нас почти ежедневно и круглый год падает! Сухими не останетесь!

КРАСНЫЙ ЩИТ, или ОТПУСК В УТРЕХТЕ

1

Мы с мужем решили провести свой зимний отпуск в Утрехте, старинном нидерландском городе. Едем на машине. На полной скорости пролетаем по автобану через границу между Германией и Нидерландами. Она обозначена колонной с флагами обеих стран. Мчимся дальше. Всматриваюсь в пейзаж за стеклом. Равнинный ландшафт, пастбища с овцами, зеленые луга (в январе!), озера отражают серенькое небо. Каналы проложены параллельно дороге. Табличка с гордой надписью:

«Национальный парк-болото». Вполне верю. Есть любители путешествий по топям и трясинам. Мы к их числу не принадлежим. Едем дальше, нас сопровождает довольно широкая река, тянущаяся вдоль автобана. Судя по табличке «Пляж Нульде», здесь, наверное, в теплое время года купаются. Но нынче желающих поплавать под дождем в стальной зимней водичке не наблюдается. Река виляет в сторону, зато появляется огромный луг. Сначала мне кажется, что он усеян островками снега. Но нет, это речные чайки в неимоверном количестве гуляют по травке. Чуть поодаль и повыше над кустарниками прорисовывается черный мельтешащий треугольник — летящая стая диких уток.

Непременные атрибуты равнины — ветряные электростанции. Они мне напоминают отряды сумасшедших физкультурников, выполняющих одно и то же упражнение. Три руки-лопасти безостановочно и монотонно вращаются в плечевых суставах по часовой стрелке. Изредка попадаются обездвиженные единичные экземпляры, похожие на гигантских птиц. У одних шея гордо тянется к небу, а два крыла растерянно застывают под углом к туловищу-столбу. У других, наоборот, клюв, что называется, повешен на квинту, а две лопасти подняты вверх, как будто сигнал сдачи на милость. Часто у ветряков встречается полосатый красно-белый окрас, и тогда они похожи на старательных регулировщиков движения, которые с помощью вращающихся жезлов пытаются упорядочить мировой хаос на вверенной им территории.

Постепенно появляются и нарастают по гуще сосновые леса. Это для меня новость. Когда мы пару лет назад ехали в сторону Амстердама, то хвойные попадались только небольшими рощицами или вкраплялись в защитные лесополосы вдоль дорог. А здесь вон какие красавцы боры раскинулись...

Проскакиваем мимо небольших аккуратных городков, деревенек, хуторов. У обочины пасется лошадка в голубой попоне, похожей на детское пальтишко. Мне почему-то ее жалко, какой-то очень грустный взгляд... Даже хочется продекламировать классическое: «Лошадь, не надо. Лошадь, слушайте...»

Через несколько часов мы въезжаем в Утрехт, и навигатор фирмы «Том-Том», который мы за терпеливый женский голос ласково зовем Томочкой, сообщает, что цель достигнута. Двухэтажная гостиница в деревенском стиле все еще в рождественской иллюминации — сиянии сотен золотистых огоньков — и выглядит, как сказочная избушка. Внутри сказка продолжается: столы из некрашеных досок, занятные вырезанные из дерева физиономии на стенах, люстра из причудливо изогнутых дощечек, за которыми спрятаны крошечные стеклянные свечи. В сторонке у окна в холле пылает камин. За стойкой сидит вполне современная симпатичная, очень дружелюбная принцесса, которая в течение минуты нас регистрирует и выдает электронные ключи от номера. Дело к вечеру. Дождь. Незнакомый город. По-голландски мы ни бум-бум, немецкий здесь не приветствуется. Однако для некоторых неугомонных поэток (не будем указывать пальцем!) все это не аргументы!

Под зонтиками направляемся к автобусной остановке, чтобы ехать в центр города. На выходе

с территории гостиницы обращаем внимание на табличку: «Берегитесь мотоциклистов». Пожимаем плечами. Я произношу всеобъемлющее и мудрое междометие: «Тю!» В ту же секунду муж едва успевает меня дернуть в сторону, ибо мимо летит тот самый мотоциклист, которого следует опасаться. Черный. Молниеносный. В темноте. Мотор работает тихо. Караул!!! Еще один шаг — и снова отскакиваем назад. На нас мчится стая велосипедистов. Ни малейшего намерения затормозить при виде пешеходов не наблюдается. Несколько секунд спустя появляется вторая орава, которая катит навстречу первой. Без всякого ущерба они проскакивают мимо друг друга. У нас же ущерб имеется, пока, к счастью, только моральный.

Начинаем разбираться, что к чему. Значит, так: машины и автобусы движутся, как и положено, по проезжей части, только у автобусов своя собственная полоса следования. А вот тротуар поделен таким образом, что для двухколесного транспорта отведены две колеи, все это размечено полосами и стрелками, указывающими направление движения. Для тех, кто по глупости решил перемещаться на своих двоих, отведена мощенная плитками ленточка, шириной сантиметров семьдесят, не больше. Эта самая ленточка оказывается то слева, то справа от велосипедно-мотоциклетного тракта, так что пешеход должен либо сигать с риском для жизни через две полосы, либо шлепать по грязи или очень мокрой травке.

Через пять минут мы, дико озираясь, решаемся продолжить путь. Садимся в автобус. Я протягиваю водителю купюру и на английском прошу два билета до центра города. Он трясет головой: «Я денег не беру. Оплата только по электронной карте». Ладно, их есть у меня. Достаю кредитную карту, тыкаю в машинку для считывания, набираю код. Водитель недовольно сопит. Повторяем процедуру. С картой у меня все в порядке, а вот хитрая автобусная штучка заела и не хочет брать денежку. Наконец, дядя нажимает какую-то кнопочку, машет рукой и требует, чтобы мы уселись, а то он ехать не может. Так я и не поняла, зайцы мы или нет. Прошу водителя, чтобы он нам дал знать, когда нужно выходить. Тяжело вздыхает, но обещает. Через десять минут мы выгружаемся в старом городе. Моросит зябкий дождик, то и дело налетает разнузданный ветер.

Первое, что я вижу, это дерево, увешанное шарами-фонарями. Я их помню еще по Амстердаму. Изящные шары из святящихся проволочек-веточек. Аквамариновые, сиреневые, золотистые. Кажется, что они плывут в воздухе, не имея опоры или ниточки. Через сто шагов я разеваю свою туристическую варежку уже перед алыми фонариками, которые, как продолговатые виноградины, усеяли деревцо перед каким-то кафе. Фотографирую с помехами, поскольку мой муж периодически отталкивает меня в сторону, спасая от мотоциклистов. Сущая напасть просто! Наконец, мы находим абсолютно пешеходную дорожку и осторожненько продвигаемся к собору, чье кремовое каменное кружево отчетливо видно даже в темноте. Улица иллюминирована светящимися высоко вверху подковками, а, может, брошками. Будто осколки горного хрусталя цвета озерной воды и кусочки полной луны вправлены в изящные украшения. Та же аквамариново-золотистая гамма отражается и феерически сияет на залитом дождем асфальте.

Потолкавшись немного на соборной площади, идем дальше и выходим к каналу. Тут по обоим берегам полно пешего народу. Вливаемся в толпу. Над улицей и на витринах множество фонариков — золотистых, малиновых, зеленых, голубоватых... Стекла перекликаются пестрыми отражениями, словно разговаривают между собой. На деревьях снова мои любимые волшебные светящиеся шары. Стоим на мосту, любуемся меняющейся подсветкой воды: рубиновая, изумрудная, сапфировая... Просто россыпи драгоценностей повсюду, каждая лужица роскошна...

Заглядываем в сувенирную лавку, приобретаем бело-голубую фаянсовую мельничку величиной с мизинец и колокольчик в таких же тонах, но чуть покрупнее. Выходим довольные, муж крутит крылышки на мельничке, я звоню в колокольчик. В этот милый момент у меня из рукава куртки выпадает сувенирная эмалевая ложечка, изукрашенная «брульянтами» и «рубинами». Стоит такой «шедевр» одно евро. Когда и каким образом я ее успела подцепить, не спрашивайте. Это чудеса иллюзиона. Ловкость рук и никакого мошенства! Я оторопело гляжу на мужа. Он с удовлетворением констатирует: «Ага! Ложку, значит, сперла!» Я не отрицаю очевидного, и мы устраиваем явку в лавку с повинной. Я протягиваю продавщице эту эмалевую ерундовину и строго спрашиваю: «Ваша?» Она растерянно подтверждает и, рассыпаясь в благодарностях, принимает у меня стыренную «драгоценность». Мы быстро сматываемся, и муж уже на улице выражает восторг по поводу моих новых талантов. Больше мы никуда не решаемся заходить, тем более что ветер и дождь окончательно распоясались и это быстро охлаждает мой горячий туристический энтузиазм.

Топаем обратно к остановке. Заходим в автобус. На этот раз моя кредитная карта срабатывает, нам вручают два билета. Просим водителя, чтобы он нас высадил на улице Архимеда — так называется остановка возле отеля. Этот принимает нашу просьбу близко к сердцу, квохчет в микрофон, что,

мол, уже через одну, готовьтесь, потом снова заботливо предупреждает, что миг настал, открывает нам переднюю дверь и многократно повторяет: «Be careful, please!» Видимо, двое не юных и слегка перепуганных иностранцев производят не шибко оптимистичное впечатление. И не зря волновался наш водитель и призывал к осторожности! Только отхожу от остановки, как на меня опять пытается наехать мотоциклист. Муж только и успевает меня уволакивать в сторону! Вот вам наглядное подтверждение того, что задумчивых немоторизованных поэток нельзя оставлять без присмотра! Я иду и произношу пламенный спич о попрании прав пешехода как личности! Мол, ты только посмотри, в каком положении находятся люди без колес, но о двух ногах! Но умолкаю на полуслове и задаю вопрос: «Слушай, а где они, пешеходы-то? Кроме нас с тобой, нету ни одного...» Мой супруг философски отвечает, что в этом нет ничего удивительного, ибо всех пешеходов давно передавили велосипедисты и мотоциклисты. М-да... Похоже на правду...

2

На следующий день с утра мы решительно садимся в авто и, лавируя меж лавинами велосипедоногих обитателей Утрехта, следуем в замок Де Хаар, расположенный недалеко от города. Едем без особого энтузиазма. Мы этих замков уже видели-перевидели. В Германии каждый уважающий себя город имеет свой замок, или, на худой конец, какую-нибудь полуразрушенную крепость. Так что нас не удивишь! Петляем по сельской местности, уворачиваясь от здоровенных тракторов, резво катящих по не слишком широким дорогам. Упираемся в крепостную стену с красно-белыми полосатыми щитами, входим в ворота. Приобретаем в кассе билеты.

Нас пропускают в парк. Дорожка сначала идет между деревьями, а потом внезапно мы оказываемся на открытом пространстве и застываем от удивления и восторга! Перед нами открывается замок невиданной красоты! В лучших сказочных традициях... Тут, по идее, должны обитать чудесные феи, заколдованные принцы и принцессы, злые и коварные королевы и добродушные короли-недотепы. Подходим ближе. Замок, как и положено, окружен рвом с водой, подвесные мосты на толстых цепях дополняют картину и меняют направление моих мыслей. Я немедленно поселяю в этих стенах доблестного рыцаря Айвенго, благородного Квентина Дорварда — и кто там у нас еще из этой серии? Но минуту спустя осознаю, что такое место жительства этим отважным литературным ребятам было бы не по карману.

Вон какие скульптуры у главного входа! Жуткие звери, всякие там львы, леопарды и какие-то свирепые монстры, не поддающиеся зоологической типизации! Делаем еще пару шагов, и вот мы уже внутри. Сразу же — огромный, старинный, роскошно инкрустированный ларь, в таком же стиле выполнены ширма и гардероб. Над ними искусно сработанный витраж из разноцветных стекол. Дальше путь нам преграждают великолепные ворота с ажурной затейливой ковкой. Но стрелочка указывает вниз, и крутая винтовая лестница ведет в подвал, где оборудована лавка сувениров и раздевалка для посетителей. Минуем и это помещение. И… И открываем рты…

Парадный зал. Попробуйте мысленно соединить роскошь Лувра, великолепие Петергофа, стройное изящество Нотр-Дам и прочая, и прочая… Так вот, вы получите лишь бледное подобие того, что открылось нашему взору. Огромное пространство, высоко вверху завершенное куполом. Каменное кружево белых колонн. Ковры, мозаики, витражи, резные фигурки из дерева и камня, витрины с богатейшей посудой, вазы с затейливыми узорами и пышными букетами. Золото, серебро, фарфор. Мебель, сделавшая бы честь любым королевским покоям. Всевозможные инкрустации. Мраморные нимфы. Маленькие золоченые пушечки на колесиках, напоминающие ящериц, поднявших голову. Жуткие рожицы деревянных уродцев в укромных уголках. Казалось бы, все вместе должно производить впечатление хаоса. Но нет. Это эклектика высочайшего класса.

Чей же тончайший вкус и художественный гений позволил сочетать несочетаемое, балансировать на грани и все же удержать равновесие? Был такой голландский архитектор Кейперс. Он и придумал всю эту красоту на рубеже девятнадцатого и двадцатого веков. На развалинах феодального замка (первое упоминание о нем относится к 1391 году), принадлежавшего знатному роду Де Хаар, был создан изумительный архитектурный ансамбль, кстати, оснащенный по последнему слову техники того времени: центральное отопление, водопровод, вентиляция и прочее. И тут возникает сакраментальный вопрос: «Где деньги, Зин?» Кто мог себе позволить финансирование подобного проекта?

Давайте-ка взглянем на герб владельцев замка: красный щит и золотой орел. Красный по-немецки rot, щит — Schild. Да, именно они, династия баронов Ротшильдов, решили здесь «навеки поселиться». Барон Этьен ван де Хаар вступил в 1887 году в брак с баронессой Хелен де Ротшильд. Огромное состояние молодой супруги дало возможность оплатить расходы на реконструкцию и модернизацию семейного гнездышка. Не стану

углубляться в дальнейшие подробности. Лучше поведу вас дальше и выше.

Проходим в библиотеку. Книг здесь, прямо скажем, маловато, зато геральдика сразу бросается в глаза. Опять золоченые пушечки, скульптуры и другие бирюльки. Возле настольной лампы по-хозяйски устроилась сова. Даже не верится, что это всего лишь чучело, — так хищно она следит за посетителями! Еще несколько комнат, оформленных в таком же духе. Крученая лестница ввинчивает нас в верхние этажи. По периметру парадного зала в несколько ярусов расположены богато украшенные галереи. Тут есть все что угодно, даже рыцарские доспехи. У основания одной из балюстрад пристроилась здоровенная каменная жаба. То ли как известный символ богатства и удачи, то ли кто-то из Ротшильдов просто питал любовь к земноводным…

В галереи открываются двери многочисленных покоев. Спальни с разноцветными балдахинами, гобеленами, вазонами… Ни одного сантиметра в простоте. Всюду какие-нибудь резные шишечки, ручечки, набалдашнички… Нимфы, амуры, купидоны и прочая античная живность… Пушечки как письменные приборы, пушечки с часиками на колесиках… Явно кто-то был любителем малой артиллерии… Картины, подсвечники, люстры — везде позолота радует глаз ошарашенного туриста! Я вот ходила и думала: это ж какую закаленную психику надо иметь, чтобы постоянно жить среди всей этой опупенной роскоши и ухитриться сохранить здравое мышление!

Вот детская комната, к примеру. Кроватка, вестимо, с балдахином, рядышком на полу огромные китайские вазы, ширма заморская, всякие затейливые деревяшечки… Саночки инкрустированные, с позолотой — куда ж без нее! Детская карета — ого, ничего себе! Сколько тут всего наворочено! Опять-таки посетила меня мыслишка: родителям, безусловно, нравились все эти атрибуты детской роскоши… А вот дети, как они себя среди всего этого чувствовали? Им же надо баловаться, гонять, толкаться, сигать по стульям, перепачкивать ладошки и мордашки, да мало еще чего требуется нормальным ребятам! А тут прыгнул или толкнул — и ваза дорогущая вдребезги! Или кусок инкрустации отковырнуть из любопытства — это ж милое дело! Дозволялись ли шалости юным Ротшильдам или они уже с пеленок были приучены к производственной и финансовой дисциплине?

Попадаем в так называемую «комнату красоты». Здесь все для дам: фен, удобные кресла, устройства для мытья волос, медные кувшины, фарфоровые плошки, пиалки и прочая прелесть… Есть утеха и для мужчин: солидные кабинеты с массивными письменными столами и креслами. Классическая живопись на стенах. На оттоманку брошена газета. Никаких вольностей и излишеств. Все строго, чинно и вместе с тем просто кричит о несметных деньгах. Простой посетитель замка, если здесь таковые вообще бывали, должен был, наверное, чувствовать себя в такой атмосфере очень угнетенно.

Наконец, начинаем спуск по глухой, крутой и тесной винтовой лестнице. У нас он занимает, пожалуй, минут восемь-десять... Добравшись до нижнего этажа, оказываемся на кухне размером с университетскую аудиторию. Стены увешаны натертыми до блеска медными кастрюлями и сковородами. Плита с чугунной кастрюлей, в которую для наглядности положена пластиковая курица. Печь для гриля с муляжом мяса на вертеле. Раковины для мытья посуды. В дуршлаге полиэтиленовый (или полиуретановый) ядовито-красный омар. На столе бутылка «вина» огромнейших размеров. Ваза с искусственными фруктами. Нет бы, подкормили голодных туристов чем-нибудь из рациона баронов. Не пластмассой же питались обитатели замка, в конце концов! Но кормежка посетителей программой не предусмотрена! А жаль... Есть хочется ужасно...

Ууф! Стрелочка на выход! Ноги гудят, голова идет кругом, шея ноет от постоянного верчения, руки отказываются держать фотоаппарат... Толкаем дверь, выходим на свежий воздух, к воде, ковыляем по крытому мостику — переходу во второе здание. Нет, этого уже мы не выдержим! Нам навстречу идет служительница, мы спрашиваем: «А там, вон в том доме — что?» Она оглядывается вокруг и сообщает заговорщическим шепотом: «Там — приват! Туда нельзя! Он (женщина опять оглядывается) там живет иногда, даже ночует». Мы не уточняем, кто это — «он»! Какая разница, как «его» зовут! Пусть себе живет, мы ничего не имеем против! Радуемся, что во второе здание нам не надо и даже нельзя!

Напоследок фотографируем замок с реверса, качаем головами, стоя перед колодцем с ведром. Крыша над колодцем, сами понимаете, украшена позолотой и фамильным гербом, а ведерко выкрашено в красно-белую полоску. Выходим через арку в парк, фотографируем январские (!) розы. За изгородью обнаруживаем баронских косуль, муж еще находит силы сфотографировать этих красоток. Все! Плетемся к машине и еще полчаса просто сидим и приходим в себя. Заодно подкрепляем силы, потому что «у нас с собою было» (если помните Жванецкого).

Катим по освещенному теплым январским солнцем Утрехту. Он производит совсем иное впечатление, чем вчерашним дождливым вечером.

Каналы, озера, зеленые лужайки, скоростные дороги, элегантные мосты... Затейливые особнячки на окраине сменяются ближе к центру комплексами высотных зданий. Многие из них по форме напоминают океанские лайнеры, а одно строение выглядит, как отколовшийся кусок айсберга... Видно, в этом городе живут архитекторы с богатой морской фантазией. А вот еще одна зарисовка: канал расположен прямо вдоль дороги, по которой мы едем, и параллельно нашей машине следует речной катерок с несколькими пассажирами и седым, очень важным капитаном-рулевым. Лица у всех сосредоточенно-отрешенные, несмотря на веселый, яркий денек. Наверное, это очень серьезная и ответственная задача: плыть вдаль.

Перекрестки осаждаются оравами оглашенных велосипедистов всех возрастов и мастей. Даже малолетние дети — и те уже двухколесные! Нетерпеливо ждут сигнала светофора и моментально срываются с места! Да еще как уверенно! Я, грешным делом, подумала, что утрехтцы рождаются с велосипедом, приклеенным к попе. Иного объяснения этому феномену я не нашла. «Томочка» ведет нас ей одной известными путями по широким улицам и тесным переулочкам, и в итоге мы попадаем в гостиницу. Со стонами вваливаемся в номер и единогласно постановляем, что на сегодня нагулялись! Баста!

3

Утро. Погода отличная. Обстоятельно завтракаем. Заодно ведем наблюдение за окрестностями. Рядом с отелем находится школа верховой езды, манеж виден как на ладони. Девчушка лет десяти сидит верхом на сером пони, который смиренно трусит по кругу. Дитя, по команде тренерши, демонстрирует чудеса джигитовки: ручонки вверх, в стороны, за голову... Подпрыгивает, трясется в седле, но держится, не падает... Круг, еще круг... Я поначалу добродушно созерцаю это милое зрелище, но потом замечаю в руках у наставницы хлыст, и настроение мое портится. Я не знакома с конным спортом, понятия не имею, с какой целью эта штука находится в руках у обучающей дамы: воспитательная на случай, если пони решит своевольничать? Оберегающая и пугающая, для обеспечения безопасности подопечной? Не знаю. Но не люблю я все эти односложные слова: хлыст, плеть, кнут, бич, стек. В них слышится свист и удар.

Муж сообщает мне между делом, что у нас в машинке бак почти пустой. Едем на автозаправку. Обнаруживаем, что нужного нам вида бензина нет. Несколько следующих пунктов автоматизированы, служащих нет, автомат включается только после введения специальной карты, которой у нас, естественно, нету. Вот-те и здрасьте! Наш навигатор запутался, ведет куда-то не туда, стрелка горючего все ближе к нулю. Возвращаемся в гостиницу, получаем адрес заправки, где можно расплатиться наличными или кредитной картой. Приезжаем. Бензин подходящий, деньги у нас взяли (ура!) и даже поговорили с нами по-немецки (впервые за все время). Мы довольны, но полдня — псу под хвост!

Отдыхаем после стресса, оставляем авто возле гостиницы, на автобусе отправляемся в старый город, мы ведь его так толком и не рассмотрели в темноте, да еще и под дождем. Кафедральный собор святого Мартина, чьи контуры мы созерцали позавчерашним вечером, сегодня являет себя во всей красе! Конечно, это не Нотр-Дам-де Пари и не брюссельский Сен-Мишель, но все равно здорово! Тех, кто создавал эту готическую роскошь, наверное, нельзя называть каменотесами, ибо только истинные художники способны сотворить такое величественное зрелище! Причем очень терпеливые художники: собор начали строить в 1254 году, а завершили работы несколько столетий спустя.

Главная башня, к сожалению, нынче на реставрации, но и то, что не закрыто лесами, достойно восхищения! Картину дополняют зеленые куртины с тщательно подстриженной травкой, окаймленные самшитами. У стены огромное миндальное дерево покрыто нежными бело-розовыми цветами. Январь, милостивые государи и государыни! На площади рядом с собором еще одно великолепное старинное здание: Утрехтский университет. Фасад украшен белыми колоннами с искуснейшей резьбой по камню, на фронтоне выбиты латинские изречения. Старейшему учебному заведению Нидерландов через шестнадцать лет стукнет четыреста...

Проталкиваемся через толпы туристов, движемся мимо бесчисленных кафе, ресторанчиков, пивнушек, магазинчиков, лавочек, мастерских, ателье, галерей... Словом, все что душе угодно... А вот и канал Аудеграхт, пересекающий центр города уже на протяжении семи веков. Его имя так и переводится: старый канал. Мы уже были здесь дождливым вечером. При солнечном свете у меня немедленно возникает дежавю: Венеция. Однако резкий голландский говор быстро возвращает меня к реальности. И все же флер Венеции очень ощутим. От вечерних «самоцветов» на воде не осталось и следа... Все оформлено в нежно-серой, жемчужно-кремовой и светло-серебристой гамме. Вода ластится мягкими шелковыми волнами к стенам канала, мосты графичны и кажутся невесомыми, деревья над ними сплетаются ветвями в ажурную вязь, а дальше к горизонту окутаны легкой туманной дымкой. Вдоль парапетов по обеим сторонам канала нескончаемыми лентами выстроились сотни (скорее — тысячи) припаркованных велосипедов с разноцветными рулями. По пешеходным дорожкам течет разноязыкая, разноликая река туристов. Весь этот хаос отражается в витринах, приобретая причудливые очертания.

Сами витрины — это отдельная песня. Тут и фаянсовые куколки-грации, и зверюшки из тканей, и картины художников, и зазывные меню ресторанчиков с многообещающими фотографиями яств и напитков, и всяческие бусики, кулончики, колечки, шарфики, платочки, шапочки... И огромное количество обувных магазинов с минимальным количеством посетителей... Такое ощущение, что жители Утрехта и его гости, как минимум, стоноги. Иначе зачем такое гигантское предложение, если на него нет спроса?

Мы медленно движемся в потоке людей, выныриваем из него к парапетам и фотографируем разные чудеса: птицу из белого камня на крыше, незнакомое дерево с ярко-красными ягодами на фоне жемчужно-серой воды, платаны с коричневыми пушистыми орешками на ветках в лучах солнца... Синий катерок очень медленно приближается к мосту, в нем десятка три пассажиров сидят за столиками и пиршествуют. У руля — странным образом — никого... Может, там у них автопилот? Авторулевой, то есть? Так или иначе, суденышко благополучно проходит под мостом и продолжает свой путь...

Гуляем, пока солнце не тюкается брюхом в ближайшую к нему крышу и не сваливается за дома. Поднимается сильный, очень холодный ветер. Пора уходить. Да и ноги нас уже не носят, если честно... Добираемся до гостиницы, греемся в холле у камина. Вот и все. Завтра уезжать.

С утра подскакиваем, быстренько глотаем завтрак, хватаем чемоданы и — вперед! Соскучились, хочется домой! Правда, по дороге нам звонят на мобильный и предупреждают, что по прогнозу в наших краях ожидается очередной ураган, но мы люди привычные. По ходу следования видим вывернутые с корнями сосенки и бурелом. Здесь тоже погодка бывает лихая! Мчимся по автобану и ждем с нетерпением, когда же желтые нидерландские номера на машинах сменятся на привычные белые немецкие. Наконец, появляется пограничный столбик с черно-красно-золотистым флагом! Ура! Здравствуй, Германия!

Михаил ШЛЕЙХЕР

Родился в 1975 г., в Свердловске-44, Урал. Прозаик и эссеист. С 1996-го года живёт в Германии. Одно время писал по-немецки, затем вернулся в русский язык. Публикации: «Урал», «Крещатик», «Литературный европеец», «Берлин.Берега», «Артикуляция», «Неприкосновенный запас», «Вечерний Нью-Йорк», «Апостраф» и др. Сопредседатель Содружества русскоязычных литераторов Германии СЛоГ. Редактор отдела прозы в журнале «Берлин. Берега».

БЕЛКА
Основано на реальных событиях

Незадолго до того, как Дима Сарайкин стал золотым светом и растворился в утреннем тумане, его укусила белка. Это была обычная маленькая немецкая белка в берлинском парке. Дима Сарайкин пришел туда с пакетом семечек «Тамбовский волк» из русского магазина и сначала молча смотрел, как белка прыгает с ветки на ветку, а потом подошел ближе и протянул ей на ладони десяток семечек. Белка спустилась на нижний сук и по одной взяла их, аккуратно очистила и съела. Дима пошевелил пальцами, пытаясь подманить белку ближе, чтобы дотронуться до ее мягких ушей, но она, видимо, решила, что это тоже что-то съедобное, и укусила Диму за палец. Дима отдернул руку, капля крови метнулась к асфальтовой дорожке, на миг застыв в воздухе ярко-красной дугой, белка испугалась и ускакала вверх по дереву. Дима хотел было облизать палец, но вспомнил, что белки — это такие же грызуны, как мыши, просто с красивыми хвостами. Он вытащил из сумки бумажную салфетку, обмотал палец и, вконец расстроенный, поплелся к автобусной остановке.

Когда российские войска длинными колоннами вошли в Украину, Дима Сарайкин забросил текущие проекты и провалился в черную яму, сутками сидя перед монитором и проматывая новостные ленты. Ему казалось, что еще неделя или две — и мир сгорит в огне ядерной войны. Насчет Путина он все понял еще в двухтысячном году, впервые увидев по телевизору холодные глаза на рыбьем эфэсбэшном лице. Но к тому времени Дима потерял в России родителей и уже больше года жил и работал в Германии, поэтому решил, что эти дела его больше не касаются. А теперь он в исступлении крутил колесико мыши и думал, что ведь с самого начала все было понятно, что все это можно было предвидеть, но, видимо, никто не хотел предвидеть, потому что все решали свои сиюминутные вопросы, не умея заставить себя остановиться и по-

думать. Недаром много лет по ту сторону границы росли как на дрожжах все эти «пиндосы», «можем повторить» и неизвестно из каких глубин советского сознания вытащенные «родители номер один и номер два».

С началом войны из Украины хлынули беженцы. Сначала они наполнили собой чашу Польши, затем эта река потекла дальше. В ленте Фейсбука писали, что на Главный вокзал Берлина несколько раз в день приходят составы с востока, забитые женщинами и детьми. Там волонтерили друзья и знакомые Димы Сарайкина, готовя обеды, раздавая памперсы и распределяя беженцев по берлинским семьям.

Через несколько дней Дима решился выйти из оцепенения, пропылесосил квартиру и поехал на вокзал. Пристроился к кучке немцев, предлагавших временное жилье. Там его увидела дизайнер Ленка в оранжевом жилете. Когда-то у них была любовь-морковь, а сейчас остались редкие встречи в кафе и общие проекты для испанских риелторов. Ленка попросила другую девушку в таком же оранжевом жилете подменить ее в детской комнате, и они вышли покурить. На улице перед стоянкой такси Ленка расплакалась. Она, как и Дима, была с Урала, но приехала в Германию всего четыре года назад.

— Как такое возможно, Дима, как? — всхлипывала она. — Как мы до такого докатились?

— Лена, это не мы. Это они без нас докатились, — отвечал Дима, понимая при этом, что сам в этом уверен не до конца.

Плечи Ленки вздрагивали, она уткнулась лбом Диме в грудь, а он, прислонившись щекой к ее волосам, вдыхал запах ее шампуня. Вместе с этим запахом в мозг Димы предательски ворвались воспоминания о том, что после того, как они познакомились два года назад, их романтики хватило ровно на месяц. После чего Ленка съехала от него назад в свою квартиру. В какой-то момент она поняла, что он боится привязываться всерьез и надолго. А он понял, что она это поняла. В день, когда они разбежались, Ленка прислала Диме фото ее холодильника, на который магнитиком была прилеплена открытка в виде сердечка, которую он подарил ей на Восьмое марта. Они расстались друзьями, и за это он всегда будет ей благодарен.

Когда они возвращались на второй этаж вокзала, к пункту помощи беженцам, Ленка спросила:

— Сколько ты можешь взять?

— Не знаю. У меня ведь не много места. Отдам спальню, а сам переберусь на диван в кабинете. Двух человек, наверное, смогу. Если они родственники.

— Жди здесь, — сказала она.

Дима прислонился к колонне, обернутой украинским флагом, и обвел взглядом расставленные по этажу столики с бутербродами, теплыми вещами и большими термосами. Ему показалось, что все это, начиная с полупрозрачных стопок пластиковых стаканчиков, горит изнутри — и как будто даже пульсирует — сгустками тревожного черного света.

Ленка вернулась, ведя за руку маленькую девочку, закутанную в серую шаль и с рюкзаком за спиной. Из шали настороженно глядели голубые глаза.

— Она приехала одна, — шепотом на ухо Диме сказала Ленка. — Отец на фронте, а мать, видимо, застрелили, когда они пытались выехать из Ирпеня. Я пока не знаю, что с ней делать, пусть поживет у тебя пару дней. Потом я ее определю в детский дом, хорошо?

— Хорошо, — ошарашенно сказал Дима и теперь сам чуть не заплакал.

— Накорми и уложи спать. Я тут никому не доверяю так, как тебе.

— Хорошо, — повторил Дима.

— Варвара, это дядя Дима, — сказала Ленка девочке. — Ты поживешь у него несколько дней. Дима, это Варвара, будьте знакомы.

— Привет, Варвара, — Дима протянул руку.

Девочка молча пожала его пальцы.

Ленка наклонилась к глазам, закутанным в шаль, и сказала:

— Езжай с дядей Димой и ничего не бойся, поняла?

— А можно здесь? — спросила Варвара.

— Нет, зайка, к сожалению, нельзя. Тебе нужно поспать в нормальной кровати. Я за тобой приеду. Дядя Дима хороший, я его знаю. Он тебе все организует.

Та кивнула.

Ленка и Дима обнялись на прощанье, он взял девочку за руку, и они пошли к выходу. Пока они уходили, Варвара несколько раз то оглядывалась назад, то поднимала испуганные глаза на Диму.

— Все хорошо, — сказал он. — Не бойся.

Он вдруг увидел ситуацию со стороны и представил себе, что может быть сейчас в голове девочки. «Жуть какая-то», — подумал он и сказал:

— Варвара, хочешь, я понесу рюкзак?

Но она отрицательно покачала головой.

На улице Дима махнул таксисту, усадил девочку назад, сам сел спереди. Как только они тронулись, таксист завел разговор о войне и о Путине, а когда на полпути узнал, что везет маленькую беженку из Украины, не прерывая разговора и ничего не объясняя, выключил счетчик.

Уже много лет Дима Сарайкин обитал в восточной части Берлина, в микрорайоне из частных домиков. Дом, в котором он жил, был больше соседних и состоял из шести квартир, у каждой из которых имелись либо длинный балкон с цветами в пестрых горшках, либо терраса. Десять лет назад Дима купил здесь квартиру на первом этаже, и у него была терраса.

Иногда у Димы мимолетно жили девушки, с которыми он знакомился на русскоязычных тусовках. Иногда жили друзья из других городов и стран. Раз в два-три месяца собирались большие компании. Жарили шашлык на террасе, играли на гитарах, читали стихи, смотрели на звезды и готовили коктейли. В прихожей лежал большой круглый ковер AC/DC High Voltage, подаренный Диме русскоязычным мерч-менеджером рок-группы. Ковер встречал и провожал гостей, являясь неотъемлемой частью квартиры и самого Димы.

Варвара, не успев оглядеться и снять куртку, сложилась пополам, и ее стошнило прямо в центр ковра. Она стояла на коленях, одной рукой вцепившись в свой рюкзак, а другой пытаясь прикрыть рот. Ее продолжало рвать. Дима долго не мог найти на кухне влажные салфетки, потом вытирал девочке лицо и руку, не заметив, как сам коленями вляпался в коричневую лужу на ковре.

Наконец девочка разделась и пошла умываться. В это время Дима свернул ковер AC/DC в трубу, положил его у стенки в прихожей, а затем поставил в духовку картошку фри и куриные наггетсы. Пока готовился обед, он показал девочке террасу, спальню и кабинет, который одновременно был гостиной, соединенной с кухней через миниатюрную столовую. После чего накрыл на стол, и они сели обедать.

Девочка осталась в футболке и спортивных штанах, и теперь Дима смог разглядеть ее получше. Она была тоненькая и бледная, с серьезным лицом и темными кругами под глазами. Немытые волосы были пострижены в каре до плеч, а на шее висел кулон с бабочкой.

— Варвара, сколько тебе лет? — спросил Дима.

Ему показалось вдруг, что имя Варвара для этой девочки слишком большое и раскатистое, оно больше подошло бы широкоплечей жене викинга, а не этой крошке, запивающей молоком куриные наггетсы.

— Десять, — ответила она.

— А в каком ты классе?

— В четвертом.

— А где ты живешь? Ну, то есть жила.

— В Ирпене.

От глупых Диминых вопросов девочка напряглась и стала смотреть в окно над столом. Дима и сам понял, что вопросы не те и не к месту, быстро съел свою порцию и встал.

— Варвара, я сейчас сделаю себе кофе и покурю на террасе. А ты доедай и иди в душ. Я положу тебе в ванной чистое полотенце.

Девочка не ответила, продолжая глядеть в окно.

Он подождал несколько секунд и спросил:

— Варвара? Ты спишь что ли?

— А? Что? — вздрогнула она.

— Я говорю, я пойду курить. Доедай и иди в душ. А потом спать.

Дима включил кофейную машину, достал из шкафа полотенце и свежее постельное белье, перестелил кровать и вышел на террасу с чашкой кофе. Он затянулся сигаретой, глядя через стеклянную дверь, как Варвара села на пол и стала искать что-то в голубом рюкзачке. Потом она, кажется, снова впала в ступор, уставилась перед собой невидящим взглядом, а Дима внезапно понял, что несколько дней назад на ее глазах, если права Ленка, убили ее мать, и теперь совершенно неизвестно, что происходит у нее в голове, о чем она там думает, сидя на полу над своим рюкзаком в чужой квартире, в чужой стране, в которую она непонятно как и для чего попала, приехав на поезде, забитом такими же испуганными людьми с перемолотыми судьбами. Несколько дней назад она училась в четвертом классе в своем Ирпене где-то под Киевом, а сегодня незнакомый дядька кормит ее полуфабрикатами и разглядывает через стеклянную дверь, как зверька в зоопарке, дымя сигаретой на красивой немецкой террасе.

Диме стало стыдно, он воткнул окурок в пепельницу, залпом допил кофе и вернулся внутрь.

— Варвара, — сказал он. — Давай быстренько в душ и спать. А то, я смотрю, ты засыпаешь на ходу. В ванной шампунь, гель для душа, полотенце, все есть. Если тебе нужно с чем-то помочь, говори, хорошо?

Девочка вытянула из рюкзака пижаму с Винни Пухом и маленькую сиреневую расческу, подняла на Диму глаза и сказала:

— Я не Варвара.

— В смысле? А кто ты?

— Лучше Варя.

И пошатываясь пошла в ванную.

Когда Варя уснула, Дима Сарайкин плотно закрыл дверь в спальню и позвонил приятельнице, у которой были две дочки и муж-ресторатор. Через час один за другим начали приезжать люди — знакомые и знакомые знакомых. Они несли детскую одежду, игрушки, краски с кисточками, наборы фломастеров, настольные игры, обувь и постельное белье с единорогами. Из ресторана привезли несколько больших посудин с супами и ведро яиц.

«Горшочек, не вари, перестань», в какой-то момент подумал Дима, но горшочек перестал только к вечеру. За это время он наварил полную кухню еды и аккуратные стопки вещей, под которыми скрылся рабочий стол в кабинете.

Дима хотел было разбудить Варю и обрадовать ее игрушками и одеждой, но заглянул в спальню, увидел в складках одеяла запрокинутый подбородок девочки, услышал ровное дыхание и решил оставить ее в покое. Он постелил себе на диване, почистил зубы и лег спать. Ему снился город его счастливого детства в Советском Союзе и залитая золотым сиянием дорожка в продуктовый магазин, по которой он ходил за мороженым.

На следующее утро он проснулся оттого, что на него кто-то смотрел. Дима не верил в такие мистические штуки, но открыл глаза и увидел Варю, которая, поджав одну ногу, стояла в дверях кабинета. Она была одета в свою пижаму с Винни Пухом и молча глядела на Диму.

— С добрым утром, — сказал он, сев в постели.

— С добрым утром, — ответила она.

— Хочешь есть?

Она энергично закивала головой.

— Я сейчас, — сказал Дима.

Варя ушла на кухню, а он быстро оделся и пошел к ней.

— Вчера мои друзья навезли для тебя кучу еды. И всяких вещей. Я тебе после завтрака покажу, хорошо?

— Хорошо, — согласилась Варя и запихнула в рот кусок сыра.

Сегодня она была не такой бледной. И волосы были хотя и взлохмаченными, как у цуцика после спячки, но уже чистыми.

Они нажарили тостов, разогрели ресторанную еду и сели в столовой. Варя набросилась на борщ и какие-то маленькие тефтельки, а Дима грыз тост с колбасой и наблюдал. Через несколько минут он спросил:

— Варя, слушай, а как ты добралась до Германии? Как вообще получилось, что ты сюда поехала? Расскажешь?

Варя пожала плечами, что-то виновато промычала, показывая на тарелку с борщом, и продолжила есть. А когда доела, облизала ложку, осторожно положила ее на стол и сказала:

— Сначала они начали бомбить. Я ночью проснулась от вот таких взрывов: «Бах! Бах!». Сначала я вообще ничего не поняла, а потом ко мне в комнату прибежала мама и сказала, что началась война. А потом то же самое в школьном чате написали.

— А что бомбили? — спросил Дима. — Ты видела?

— Я только слышала. Там у нас рядом есть аэродром военный, вот его бомбили. Потом уже и дома бомбили. Но это потом. А сначала мы с мамой оделись, взяли из кладовки наш тревожный чемоданчик и поехали на дачу.

— А почему на дачу?

— Там подвал, мы в нем несколько дней сидели и ждали, когда все закончится. У нас там были консервы и вода. А оно все никак не заканчивалось. Становилось только хуже. Первые дни я в саду еще снимала в ТикТок, а потом стало страшно вылезать из подвала. Они где-то совсем рядом с нами стреляли из автоматов. А в машине стекло продырявили. Мы по радио узнали, что половина народу из Ирпеня уже уехали, и мы тогда тоже решили уехать.

— И как? Получилось?

Варя задумалась.

— Не помню, — сказала она. — Помню, что потом я ехала во Львов с маминой подругой. Во Львове она взяла меня дальше с собой, мы ехали на машине с какой-то семьей до границы, на границе была такая огромная очередь, а потом мимо проезжал автобус, и сказали, что туда можно с маленькими детьми. А у этой семьи как раз были маленькие дети, и нас пустили. А уже на самой границе нам нужно было пройти пешком. Из автобуса до калитки. И там люди в очереди как начали на нас кричать, а потом кто-то за нами побежал, и мы побежали. А потом опять не помню.

Варя снова задумалась, нахмурив лоб.

— Но, видимо, все получилось? Раз ты попала в Польшу, да?

— Да. Я помню, что я была на вокзале. Там все спали на полу. А поляки нас очень хорошо кормили. Всем давали горячий суп и много батончиков. Потом я снова поехала на поезде, но уже с другой женщиной. Я ее совсем не знала. Потом ночевала у поляков. Ну, они жена и муж. А утром эта женщина, которую я не знала, и ее подруга забрали меня от поляков и увезли снова на вокзал, это уже в другом городе. И там мы очень долго не могли получить билеты. А потом, когда получили, вот эта женщина, которая была с подругой, она решила уехать по делам. И тогда мы с ее подругой

вдвоем сели на поезд и поехали. А потом поезд долго-долго просто стоял, никуда не ехал. А потом снова поехал. Там было все забито, все сиденья заняты, люди сидели прямо на полу — и в вагонах, и в тамбуре, везде! И малыши все время плакали. А я заползла за сумки, под сиденья, и там спала. А утром сказали, что нужно выходить. Оказалось, что мы приехали в Берлин. А там меня эта подруга той женщины привела к тете Лене. А тетя Лена потом сказала ехать с Вами. Все.

— Да уж, Варя-Варечка… — Дима попытался сохранить спокойствие в голосе. — А что случилось с мамой? Не помнишь?

Варя побледнела, а потом вскочила и убежала в туалет. Дима обозвал себя идиотом. Он несколько минут слушал, как ее снова рвет. Потом пошел это как-то улаживать. Выдал ей новую зубную щетку из запасов для гостей. Спросил, каким шампунем она обычно пользуется. Пообещал, что сегодня они вместе сходят в магазин и купят самый лучший шампунь. Напоил чаем с конфетами. А потом показал гору вещей и игрушек на столе в кабинете. В этот момент Варя, кажется, забыла про творящуюся в ее мире жуть и впервые стала улыбаться. Он некоторое время вместе с ней разбирал одежду и карандаши, а потом оставил ее одну. Сделал себе кофе, взял телефон и пошел на террасу.

— Привет, Ленка!

— Привет, Димка! Ну, отчитывайся: как вы там?

— Отчитываюсь. Мы в порядке. Ребенок накормлен, отмыт и выспат. Вчера народ привез кучу ништяков — всякие игрушки, одежду, альбомы. Сейчас Варя все это исследует. Кажется, ей нравится. Так что жизнь налаживается.

— Димка, ты молодец! Потерпи еще пару дней, я что-нибудь придумаю.

— Лен, да мне несложно. Я, наоборот, только за. Мне хочется как-то, ну… отвлечь девочку что ли.

— А работа?

— Да пофиг.

— Ну, ладно. Но я все равно про тебя помню и сделаю что обещала.

— Да все нормально. Я и сам могу сделать все что нужно. Ты же весь день на вокзале. Там у вас совсем плохо, как я понимаю.

— Тут толпы. В конце дня нос в подушку, полчаса рыданий и спать. Больше ничего не могу.

— Ну вот. А ты за меня переживаешь. Все еще наладится, все будет хорошо.

— Думаешь? Мне кажется, уже ничего не будет хорошо. Эти подонки все разрушили. Они ведь не только Украину уничтожают, они ведь и Россию уничтожают. Ничего уже не наладится и не будет, как раньше.

— Лена, ты права. Как раньше, не будет. Но что-то будет взамен этого. Поверь мне, все будет хорошо.

— Будем надеяться, Димка. Спасибо. Тут новый поезд пришел, я пойду.

— Лена, держись. И пока!

— Пока!

Дима спрятал телефон в карман, затянулся сигаретой и допил кофе.

«Все будет хорошо, — повторил он про себя. — Это, конечно, вряд ли. Ничего уже не будет, как раньше, и ничего уже не будет хорошо, тут Ленка права. Они добились, чего хотели. Сначала просрали все что можно, а потом пустили под откос то, что осталось…»

Он вернулся внутрь. Ему навстречу метнулась Варя, одетая в блестящую золотую курточку с капюшоном.

— Смотри! Я всегда о такой мечтала, — воскликнула она. — Спасибо!

Она ткнулась Диме в живот и неловко обняла. От неожиданности он чуть не выронил кружку. Осторожно положил свободную руку Варе на голову и слегка взъерошил ее и без того растрепанные волосы.

«Маленький бедный цуцик», — подумал он.

Стремительно пролетел первый день. Сначала Дима освобождал полки в шкафу и помогал Варе раскладывать вещи. Потом они сходили в магазин и накупили сладостей и аксессуаров для ванны. Пообедали и пошли в парк, а оттуда на детскую площадку, где Варя каталась на тарзанке и дула на замерзшие ладони, а Дима курил, сидя за столиком под деревьями. А потом махнул рукой и тоже несколько раз проехался на тарзанке.

Вечером он смотрел, как подопечная ковыряется в тарелке с ужином, и меланхолично размышлял о том, почему у него самого к сорока пяти годам не получилось обзавестись детьми. То ли его женщины всегда были слишком самодостаточными, то ли все эти женщины именно в нем как в программисте и тусовщике не видели потенциала для настоящей семьи. Ну, или слишком самодостаточным был он сам. Или просто боялся ответственности? Боялся, что кто-то живой и хрупкий будет от него зависеть. Даже кошку за все эти годы не завел.

Варя попросила научить ее пользоваться посудомойкой и убрала со стола. А через какое-то время Дима застал ее плачущей на полу кухни. Она не сказала, почему плачет, но и без этого все было ясно. Он сел рядом и молча гладил ее по голове, не зная, как найти правильные слова и нужно ли их находить. А через несколько минут вдруг увидел, как в Вариных волосах кто-то пробежал. И тут же еще раз. И, как ни странно, это оказалось лучшим выходом из ситуации. Они рано легли спать, а утром поехали в аптеку покупать шампунь от вшей.

В этот же день Дима Сарайкин сделал попытку подать заявление на регистрацию Вари в качестве военной беженки. Оказалось, что для подачи документов была нужна прописка. Поэтому через несколько дней Варя стала жить у него официально. Для прописки понадобился паспорт, а у нее из документов были только украинское свидетельство о рождении и совершенная невозможность найти в этом хаосе родственников. Пришлось делать заверенный перевод свидетельства и доверенность в службе по делам несовершеннолетних. Одновременно с этим Дима нашел школу с интеграционным классом в двух станциях городской электрички. В школе потребовали медосмотр, и Дима нашел детского врача, а заодно и зубного, так как девочка как-то вечером призналась, что у нее давно болит зуб.

Они проводили вместе двадцать четыре часа в сутки — ездили по учреждениям, ходили по музеям на Музейном острове, измеряли рост и вес на медосмотре, покупали в торговом центре тетради для школы и играли в прятки на детской площадке. Вместе купались в берлинских бассейнах и вместе болели кишечным гриппом. В кабинете у зубного Дима сидел рядом с девочкой, и та сжимала его руку вспотевшими ладонями.

Диме пришлось разложить диван в кабинете, потому что через пару дней после своего вторжения в его жизнь Варя сомнамбулой стала приходить к Диме посреди ночи. Она тут же снова засыпала, а он лежал, боясь пошевелиться, и удивленно смотрел на чужого ребенка, спавшего рядом и излучавшего в темноте золотой свет.

В этом неярком желтом свечении, которое перемешивалось с голубым светом луны, дрожали стены комнаты, а висящие на них дизайнерские плакаты двигались по кругу и разглядывали лежащих внизу людей. Варя крепко спала, открыв рот и сложив на Диму ноги. Иногда она всхлипывала и бормотала во сне. Он прислушивался и никогда не мог понять, что она говорит. Но именно тогда ему стало казаться, что теперь во всем происходящем появилась какая-то надежда.

В начале мая позвонила уставшая Ленка.

— Варвару нужно устроить в школу, — сказала она после обмена приветствиями.

— Лен, все в порядке, она уже идет в школу послезавтра, — ответил Дима.

— Димка, ты крут!

— Вообще, если серьезно, то я мог бы это и раньше организовать, но получилось вот только сейчас.

— Ты ведь все-таки еще и работаешь.

— Сейчас не особо. Мы все больше по музеям и детским площадкам.

— Дима, это тоже здорово. Только скажи: ты вывезешь?

— Да конечно! Прорвемся! — беззаботно ответил он.

— Дим, мне просто недавно звонили наши риелторы с Майорки, говорят, ты с ними на связь не выходишь. Им какое-то обновление позарез нужно.

— Да сделаю я им их обновление. Вот отправлю Варю в школу и сделаю.

— Хорошо. Кстати, у меня на вокзале стало меньше работы, так что я занялась детьми, такими, как твоя Варя. Мы уже создали первый постоянный приют. Все работницы — женщины из Украины.

— Ленка, вот видишь: если тут кто-то крут, то это как раз ты.

— Я не одна, нас тут много. Кстати, Дим, можешь прислать мне копии документов Варвары. Все, что ты смог собрать.

— Хорошо, когда правильных людей много, — сказал Дима и немного потерянно добавил: — А документы… документы пришлю, конечно.

Когда он положил трубку, Варя вскочила с дивана и потянула его на кухню:

— Дима, давай печь пирог!

— Я пойду покурю, — ответил Дима и улыбнулся. — Начинай без меня.

Он вышел на террасу, где несколько минут стоял с незажженной сигаретой и смотрел в небо.

Ему уже несколько недель казалось, будто он вспомнил, где впервые увидел Варю. Когда ему было столько же лет, сколько ей сейчас, каждый вечер перед тем, как уснуть, он лежал в кровати и представлял, как копает туннель в капиталистическую Германию или прячется в танке, который по каким-то делам въезжает в Западный Берлин. В результате Дима каждый вечер засыпал, спасая от капиталистов и приводя за руку в Советский Союз девочку, дочь немецких коммунистов.

Спустя тридцать пять лет все примерно так и случилось, только перевернулось с ног на голову. Теперь он сам был капиталистом из Германии, а девочку пришлось спасать от бомб, летевших из страны, которую он всю жизнь считал своей Родиной. Все с точностью до наоборот, кроме девочки. Девочка — почему-то Дима был в этом уверен — девочка была та же самая. И после внезапной смерти всех его идеалов ему казалось, что она теперь — единственное, что осталось в его жизни.

Иногда по вечерам Дима переписывался с остававшимися в России родственниками, бывшими друзьями и коллегами. Все они разделились на три группы. Первые уехали сразу после двадцать

четвертого февраля. Они больше не хотели иметь с этой страной ничего общего, и, как и сам Дима, сами того не желая, по всему миру тянули за собой шлейф русской вины. Вторые остались в стране и превратились в невидимок, ни с кем не встречаясь и разговаривая о политике только через анонимные ВПН-сервисы.

Больше всего поразили Диму третьи. Он удивлялся тому, как неожиданно изменились те, кого он всю жизнь считал нормальными людьми. Некоторые из них не просто поддерживали войну — они радовались ей, смаковали ее, они ею жили, и у Димы глаза лезли на лоб от того, что ему писали в мессенджерах. Как будто эти люди за один день стали в десять раз глупее и страшнее. Как будто они всегда только этого и ждали, и вот им наконец разрешили быть глупыми и страшными. И они радостно отключили все свои когда-то вынужденно подкрученные настройки сочувствия и доброты.

И если эти, сидевшие за компьютерами люди, так ненавидели украинцев — просто потому, что им так сказали, — то не было сомнений и в тех ужасах, которые творили их соотечественники в Буче и Ирпене, где убили маму Вари.

А еще Дима заметил странную корреляцию — чем более верующим был человек, тем более кровожадные идеи он высказывал по поводу того, как нужно «косить укроп» и «очищать территории». Убить президента-клоуна и произвести раздел Украины, а заодно Польши и Прибалтики, якобы легших под Америку, раздвинув ноги. И это были еще не самые жуткие из всех их пожеланий.

Атомные бомбы на все столицы Европы — вот, оказывается, о чем они мечтали. Не построить что-то свое, а уничтожить чужое. Убить как можно больше людей, показав им наконец кузькину мать. Как будто только так они могли доказать, кто тут самый добрый на планете. И еще эти вечные шутки про изнасилования и сексуальные девиации, которые с особой любовью рассказывали поборники православных традиций. «Мы еще по-настоящему ничего и не начинали», — гордо повторяли они.

Впрочем, были и такие, которые совсем беззастенчиво утверждали, что русские и есть потомки арийцев. Настоящая белая раса в отличие от всех остальных. Это было и раньше, но сейчас окончательно перестало восприниматься, как шутка.

Между тем Варя пошла в школу. У нее появились подруги — такие же беженки из Украины, как она. Дима купил ей смартфон взамен потерянного где-то в Польше, и теперь она могла переписываться с подружками, играть в «Роблокс» и снимать свои видосы в ТикТок, смешно взмахивая тонкими ручками на солнечной террасе.

Через соцсети она нашла бывших одноклассников. Кто-то остался в Украине, но большинство разъехались по миру — Польша, Германия, Канада, США. Какая-то девочка с семьей доехала аж до Австралии. Россия, опьяненная чувством собственной избранности, бомбила украинские города, а женщины и дети разлетались осколками по всему белому свету.

Изредка Варя, получив из Украины фотографии ее разбомбленной школы, прямо посреди игры бледнела и убегала в туалет, но приступы страха и рвоты случались все реже. Дима отвлекал ее, а заодно и себя от того, что происходило в Украине и в России. Он вдруг понял, что привык к их странной семейной жизни и уже не представлял себе, что можно жить по-другому.

Весь остальной мир как будто ушел на задний план. Иногда Дима садился за компьютер и общался с клиентами, но в основном перекидывал проекты знакомым разработчикам. Вся эта мышиная возня с базами данных и отладкой банковских систем стала казаться ему неинтересной и бессмысленной, как будто он вдруг увидел ее через призму вечности.

Собственно, так оно и было. Просто Дима Сарайкин не сразу понял, а, может быть, так и не понял до конца, что он уже навсегда поменялся глазами с девочкой, которая четыре дня ехала в Берлин из-под осажденного Киева.

В начале июля пришло настоящее, жаркое лето, начались школьные каникулы и Варе исполнилось одиннадцать. Они стали каждый день ездить купаться на озеро с песчаным пляжем и водяными горками. Дима подумал о том, не купить ли снова машину, чтобы стать более мобильным, ездить на природу за городом, а осенью отвозить Варю в школу. Несколько лет назад он решил этот вопрос в пользу общественного транспорта и пешеходных прогулок ради здоровья, а тут жизнь вроде бы снова поменялась и требовала реорганизации.

Но купить машину он не успел.

— Дима, прости, пожалуйста. Я снова разбила стакан.

— Ничего страшного, я сейчас уберу. Залезь-ка на стол, тут везде осколки.

— Дима, все хорошо? Правда? Это уже третий стакан из твоего любимого набора. Так я их все перебью, и они закончатся.

— Варька, ну, ты чего? Не бери в голову, — Дима намочил бумажное полотенце и полез под стол. — Все когда-нибудь заканчивается. Стаканы, лето, человеческая жизнь. Это неважно. Главное, чтобы ты не порезалась.

А на следующий день позвонила Ленка. Она радостно закричала в телефон, что нашлась тетя Варвары. Что она, оказывается, уже месяц работает в их новом приюте, а сегодня, разбирая детские

документы, нашла среди них Варины. И что Ленка и тетя прямо сейчас едут к ним на электричке.

Они встретились на станции.

Варя и ее тетя минут двадцать обнявшись рыдали на перроне. За это время проехали несколько электричек, люди в шоке скользили мимо, прижимаясь к краю перрона, некоторые подходили и спрашивали, в чем дело, а Ленка и Дима пересказывали им одну и ту же историю. Тогда кто-то начинал плакать, а кто-то предлагал помощь. Ленка раздавала визитки своего фонда.

Ленкин детский дом был на другом конце Берлина, в бывшем приюте для женщин, переживших домашнее насилие. Через дорогу стояла школа, в которую устроили украинских детей. Тетя Варвары Есения и еще несколько работниц жили на третьем этаже в том же здании, где был организован приют.

Без разговоров сразу стало ясно, что Варвара будет жить с тетей, и к началу нового учебного года она переехала. Дима помог отвезти вещи и, вернувшись домой, ощутил пустоту. Он перестелил кровать в спальне, убрал в посудомойку несколько чашек, собрал на столе забытые Варей игрушки, несколько разбросанных по комнатам рисунков и футболку. Встал в дверях кабинета и понял, что снова остался один.

Первое время они каждый день по нескольку часов переговаривались по видеосвязи, раз в неделю Дима приезжал с подарками в приют, и тогда они шли в ближайший торговый центр пить бабл-ти или в парк кормить белок.

Уже к середине осени Варя стала звонить реже. Дима звонил сам, но чувствовал, что им становится не о чем говорить. Он расспрашивал ее про Есению, школу и одноклассников, и она ему честно отвечала, но он видел, что ей неинтересны его вопросы, что они не те и не к месту, как в самом начале их знакомства, что это стандартные вопросы, которые задают детям взрослые и на которые дети никогда не отвечают с охотой. Тогда он перестал их задавать и все чаще обнаруживал себя просыпающимся в своей спальне ближе к вечеру, без всяких желаний и планов. К работе он, по большому счету, не вернулся, лишь время от времени делая небольшие проекты, и денег стало не хватать. «Это зима, — успокаивал он себя, поднимал жалюзи и глядел в темноту за окнами. — Весной все изменится».

В начале марта, когда прошел ровно год с того дня на вокзале, Дима Сарайкин решил проведать Варю. В «русском» магазине, который теперь стало непонятно как называть, он купил пакет семечек «Тамбовский волк» и сел на автобус. Он приехал, когда уроки в школе закончились и дети играли во дворе приюта. Дима молча стоял у калитки и смотрел, как Варя с подружкой качаются на качелях, а напротив них прыгает на батуте мальчик.

— По селу прошел слушок! — кричал тот, высоко задирая руки и ноги в прыжке. — Вова Путин петушок!

Девчонки засмеялись и ответили хором:

— Путин лох, наелся блох, сел на мусорку и сдох!

Мальчишка обрадовался полученной реакции и прокричал на весь двор:

— Все русские козлы-ы-ы!

Девочки снова засмеялись.

Дима вдруг попятился, нечаянно залез в кусты и понял, что из глаз у него льются слезы. Он замер, слушая, как бьется пустота в его груди, потом осторожно вылез из колючек с другой стороны кустов и не оглядываясь пошел. Сначала не думая, куда идет, — просто куда-то, где бы не было знакомых лиц. Ноги вывели его к парку с белками, в который он хотел пойти с Варей.

По дороге ему встречались веселые лица, весенние наряды и украинские девушки. Война продолжалась, но год этой войны притупил изначальное горе, и большинство людей вышли из состояния апатии. Новых беженцев становилось меньше, многие возвращались назад, мир поставлял Украине оружие, и на фронте ожидали контрнаступления.

Но чем дальше, тем бессмысленнее чувствовал себя Дима Сарайкин.

И дело было не в том, что все вокруг желали разгрома России, и даже не в том, что Дима сам желал разгрома стране, в которой родился. А в том, что Диминой России вообще больше не было. Не было солнечной дорожки, по которой он в детстве ходил за мороженым, не было города, в котором он учился на математическом, и не было людей, которых он когда-то любил. Все это ушло в параллельную реальность, из которой взамен выползла вот эта современная Российская Федера-

ция. Всю свою жизнь Дима Сарайкин мечтал рано или поздно вернуться домой, туда, где он был маленьким. Но теперь уже совсем некуда стало возвращаться. Двери закрылись — и в прошлое, и в будущее. Вернее, и не было уже никаких дверей. Эти подонки действительно все разрушили, переписали прошлое, просадили будущее, заставили весь мир, включая маленьких детей, ненавидеть себя и вместе с собой все русское. И ничего уже не будет, как раньше.

«Сегодня под мостом поймали Гитлера с хвостом…»

Варя была последней соломинкой, державшей Диму в этом мире, но в тот день он потерял и ее. Не потому, что она стала какая-то не такая. Как раз с ней все было в порядке. А потому, что он сам перестал быть кем бы то ни было. В его душе переключился некий тумблер, и свет снаружи перестал проходить внутрь. Внутри осталась только глупая и маленькая надежда на то, что где-то на улицах Берлина он еще может найти выход из этого неправильного мира, лазейку между горизонтом и закатом, сиреневый запах той параллельной России и его собственной другой жизни, которых у него никогда не было.

Дима Сарайкин вышел из парка, в котором он кормил белку. Придерживая окровавленную бумажную салфетку, он добрался до автобусной остановки и уехал домой.

Несколько дней он чувствовал странное жжение в укушенном пальце и слабость в теле и все же заставлял себя вставать с кровати, ехать в центр и гулять по улицам, наполненным пением соловьев и вечерними фиолетовыми туманами. Но в какой-то момент он взял и весь вышел, оставив после себя вспышку золотого сияния, совсем опустевшую квартиру и весенний Берлин в сочных сине-желтых красках нового наступающего на город лета.

Litsvet

Лидия ШЕЙНИНА

Родилась и выросла в Санкт-Петербурге, получила высшее психологическое образование, работала журналистом, спасателем и инженером в России и за рубежом. В 2006 году начала снимать игровое короткометражное кино, в 2012–2013 годах училась в школе документального кино и театра Марины Разбежкиной и Михаила Угарова. Документальные и игровые фильмы Лидии Шейниной получали призы на международных фестивалях в России и за рубежом. Ее рассказы публиковались в журнале «Знамя» (№ 2, 2022 год и №11, 2023). С 2022 года живет в Израиле.

ЛЕДЕНЦЫ

Марине Артуровне Вишневецкой

Все счастливые пары расстаются одинаково, у несчастливых для расставания есть миллион причин. Однажды мужчина порвал со мной потому, что я представила его своей маме по имени, а не по имени-отчеству. Другой не мог решить, что для него лучше, секс с женщиной или духовные практики с монахами. Еще от одного я ушла, потому что он был так красив, что даже когда на нас оглядывались мужчины, я знала: они смотрят не на меня.

Также среди причин были:

— съеденный в одиночку марципан в шоколаде,

— сомнения в необходимости смены фамилии на Квач-Долгошлюпова,

— вечно остававшийся посреди стола выжатый чайный пакетик,

— отказ пойти вместе на банкет в честь окончания семинара по «ненасильственному общению»,

— аллергия на черепах,

— прочее.

Или вот Дима. Дима утонул в водопаде, хотя расстались мы не поэтому. Дима был умным и красивым, закономерно, что он полез в водопад.

Когда мы росли, Дима жил в доме напротив и был лучшим другом моего старшего брата. В темноте зимним утром было видно, как загорается его окно, и он машет брату рукой — идти вместе в школу. Я ныряла под подоконник, чтобы Дима меня не заметил. Дима меня не замечал. Я спешила дорасти до школьного возраста, чтобы ходить в ту же десятилетку, что и брат с Димой. Когда я доросла, на празднике первого сентября Дима нес на плече какую-то постороннюю первоклассницу, а через год и вовсе закончил школу.

Потом я выросла. За это время Дима успел уехать в Америку. Я писала ему письма. Дима навестил город детства, когда мне исполнилось двадцать два, и пришел его черед страдать. Я была прекрасна, смешлива — и в отношениях с другим мужчиной. Дима уехал обратно и писал мне письма. В тот год, когда я училась по обмену в Америке, у Димы был сложный, бурный роман с женщиной вдвое старше него.

Так бы и продолжалось, если бы однажды наши расписания не совпали. Мы снова оказались в одном городе на соседних улицах, и оба снова были одиноки. Между нами стояла только початая бутылка виски. Через три дня я оделась и проводила Диму в аэропорт. Нам обоим было очевидно, что мы не зря ждали друг друга всю жизнь, и что следующий период ожидания должен быть короче и прерваться, например, в Будапеште через двадцать пять дней.

Будапешт оказался неудачным выбором. Там было больше одного вида городского транспорта, пригоршня музеев, шесть термальных источников и несметное количество ресторанов. Нужно было решать, куда именно мы пойдем. Нужно было договариваться. К середине недели единственным, в чем мы соглашались, было, что следующий отпуск мы проведем в одинокой хижине в горах (нет, на море). К концу недели мы оба понимали, что следующий отпуск мы проведем по отдельности.

В аэропорту я облегченно чмокнула Диму в нос. Мы хором сказали друг другу: «Ну, ты пиши».

В следующий отпуск Дима поехал с приятелем. Приятель предложил Лаос. Дима любил море и в Лаос ехать не хотел, потому что моря там нет. Зато там много водопадов, сказал приятель.

Сертификат о Диминой смерти выдали на лаосском языке. Дима не смог бы его прочесть.

С Сильвио все начиналось замечательно. Во-первых, он был иностранцем. То есть никаких постирай-принеси под разговоры о Чехове. Во-вторых, он жил тут, в России. То есть мама далеко, я близко.

Сильвио взялся за дело со всем жаром южного темперамента, потрескивавшего на русском морозе: встречал у дверей института с бокалом шампанского, с ловкостью крупье метал на модный проигрыватель пластинки «Сто шедевров итальянской оперы», страстно цитировал классиков коммунизма. Иногда, рожденные из пены этого коктейля, мне мерещились смуглые кудрявые херувимы, резвящиеся на нашей даче в Тоскане. Не хватало главного.

Не раз, приведенная за руку на берег залива, я ждала разговора под звездами о любви. Сильвио восторженно вглядывался в бессмысленно белую июньскую ночь, цитировал очередного итальянского социал-демократа и увлекал меня дальше — в съемную квартиру за парком Зоолетия (сорок минут на трамвае от станции метро Черная Речка).

Когда наконец проклюнулись августовские звезды, я потребовала объяснений. Сильвио темпераментно клялся, что совершенно не умеет выражать свои чувства, чем бросал тень на итальянскую систему образования в целом — и на свою маму в частности. Национальную систему образования он частично реабилитировал тем, что приносил в постель кофе, сваренный по всем правилам итальянской любовной науки. Но к маме оставались вопросы.

Я говорила себе, что, вероятно, Сильвио являет собой образец суровой, молчаливой мужественности. Что главное не слова, а поступки. Что мы взрослые люди. Что, в конце концов, не надо быть дурой.

Это работало, пока на вечеринке у друзей я не услышала из кухни подозрительные звуки. В кухне был Сильвио. Его суровые, мужественные губы были сложены в умиленный бантик. Звуки издавал он. Перед Сильвио на столе сидела пушистая сиамская тварь. Белая шерсть светилась под кухонной лампочкой, плотно облегая ее грациозное стройное тело. Шею перехватывала золотистая полоска. Выше щурились холодные голубые глаза в обрамлении черных ресниц. Она была великолепна. Она презирала его. «Пикколина кариссима» и «аморе мио» были самыми бесстрастными словами в потоке его омерзительного сюсюканья.

Перед тем как уйти от Сильвио навсегда, я достала все сто пластинок с шедеврами итальянской оперы и вывела на каждой маникюрными ножницами по одному слову из итальянского словаря. Слова любви должны звучать.

С Женей было веселее всего. Наверное, потому что впервые рядом был кто-то младше, а значит,

беспечнее меня.

Ко мне было нельзя. К Жене было можно, когда мама, с которой они делили комнату в коммуналке, уходила на вечернюю смену. В той же коммуналке жили пожилая соседка Анна, молодая соседка Марина и два алкоголика. Один был шумный — играл по ночам на баяне. Другой тихий — он много лет душил жену подушкой, пока однажды не задушил окончательно.

Если Женина мама была дома, мы выходили на Петроградскую сторону, шли по обрывистому заросшему склону вдоль Карповки, перелезали через забор в закрытый на ночь Ботанический сад. В саду даже осенью пахло одуванчиками. Если было совсем холодно, мы ехали через город на автобусе в Икею выбирать мебель для общего дома, которого, мы знали, у нас не будет. Летом мы уезжали на дальнее озеро, брали лодку, уплывали в тростник. Мы связывали над головами высокие стебли, и получался шалаш — наше пристанище на день.

Целоваться на улице было нельзя. Мы не целовались. Но иногда все равно подходил какой-нибудь мужик. «Девчонки, вам что, парней мало?»

Парней было много. Они были на эскалаторе метро, в очереди за мороженым, в театральном фойе и даже на похудательной йоге. Мы с Женей не замечали.

О эта опьяняющая свобода, когда не надо мучительно объяснять самые простые, банальные вещи, бегом прятать сохнущие на батарее трусы и притворяться женственной, а первый день одновременно наступивших месячных можно обнявшись прорыдать над сериалом и шоколадным тортом.

Женя ушла, потому что любила меня так сильно, что обязательно хотела родить от меня детей. Все остальное она считала невыносимым компромиссом.

Мою счастливую взаимную любовь звали Володя. Володя был блондин с зелеными глазами. Он был самым тихим в нашей средней группе. Когда воспитательница била меня по рукам за плохое поведение, он крепко обнимал меня в углу игровой комнаты.

Мы дарили друг другу подарки. Я принесла Володе крошечный пластмассовый трамвайчик. Чтобы получился сюрприз, положила трамвайчик в большую косметичку из маминого ящика серванта. Трамвайчик затерялся в углу косметички. Через день Володя снова принес косметичку в сад. На шелушащемся кожзаме текущим зеленым фломастером было написано: «МАРИНЕ» (перевернутое «Р»). «У меня для тебя сюрприз, — сказал Володя. Округлил глаза и громко прошептал мне прямо в ухо: — Леденцы!» Леденцы слиплись в красно-желто-зеленый комок. Мы выковыряли комок из сумочки и откусывали от него по очереди.

Мы успели передать эту косметичку друг другу еще несколько раз. Потом родители увезли Володю то ли в другой район, то ли в другой город, то ли в другую страну. Может быть, там была другая жизнь. Может быть, там даже были детские площадки. Во дворе нашего сада площадки не было. Был окруженный со всех сторон домами голый пятачок, засыпанный песком: мелкий гравий, грязь, лучше не падать. Посередине двора была песочница — тот же песок, что снаружи, но собранный в кучу и отделенный квадратом из досок. Однажды мы всю прогулку простояли на этой куче песка, взявшись за руки и не шевелясь. Мы сказали, давай, как будто мы умерли и нам поставили памятник.

Никиту все любили: когда он пел, становилось легче жить.

Никита брал стихотворение, вынимал из него музыку, записывал нотами, соединял все вместе, перемешивал. У него были быстрые пальцы и севший голос.

Если Никита играл свою музыку в моей съемной квартире, выкипал кофе, подгорала картошка, внезапно наступало утро.

Никита сказал: «У тебя редкий тембр, вылезай из постели, мы будем репетировать».

За окнами питерская зима: страшный серый свет, одинаковый и утром и вечером.

— Возьмем что-нибудь простое, из классики. Например вот это: *«Но, словно лик судьбы, он весь в оконной раме. Да любит не тебя, а я люблю тебя».*

Мы сидим друг напротив друга, как в кабинете начальника, надежно разделенном письменным столом. В роли стола — Никитин аккордеон. Когда Никита играет, кажется, что с аккордеона сейчас вспорхнут и разлетятся с галочьим криком черные клавиши.

Да любит не тебя, а я люблю тебя...

— Почему ты каждый раз поешь тише в конце фразы? — говорит Никита. — Тебе, наверное, высоко. Пой на одной громкости и не бросай ноту в конце.

Однажды я сказала Никите:

— Может, мне похудеть?

— Зачем? — удивился он.

— Ну, может, тогда ты меня полюбишь.

— Ну что ты, — сказал Никита, помолчав. — Ты же настоящая красавица.

В тот год была почти бесснежная зима, промозглый холод, слепой серый свет. Сейчас везде жара, снаружи и внутри. За окном влажные, дрожащие горячим маревом плюс сорок. Стоит выйти, и тебя будто в сгущенке измазали. В палате прохладно, тут кондиционер. Но жара все равно наползает, поднимается по венам вместе с ядовито-оранжевой жидкостью.

Мне звонит Никитина девушка Ася. Она и той зимой была Никитиной девушкой. Я не знала. Ася не знает и сейчас. Ася говорит: «Я к тебе приеду, возьму отпуск и приеду».

Если выйти из больницы и пойти прямо, то скоро будет море. Оно похоже на горячую ядовитую жидкость, капающую в вену — кипящий желейно-медузовый суп. Над морем рыжие глинистые обрывы, вокруг выжженные поля. Говорят, если дожить до весны, поля становятся изумрудно-зелеными, пурпурными, алыми от цветущих анемонов. Кажется, что врут.

Когда долго смотришь в замерзшее окно, думаешь, что весны не бывает.

— Ты вообще не врешь мелодию, — говорит Никита. — Но все остальное никуда не годится. Пой так, будто тебя никто не слышит.

С уроками пения мы быстро завязали. «Тогда поехали на море», — сказал Никита. По морю можно ходить — оно такое же замерзшее, как и сизый прозрачный воздух вокруг. Никита пинает ледышку, и она с тоненьким свистом скользит по гладкой поверхности далеко-далеко, может быть, даже в Финляндию. Никита смотрит далеко-далеко. Я смотрю на Никиту.

Никита говорил, голос есть даже у рыбы. Никита говорил: «Без волос я стал еще больше похож на зомби». Никита говорил: «Я написал новую песню "Смерть любит мороженое"».

Когда Никита умер, стало некому сказать в будущем «Смотри, Никита, у меня тоже рак».

Я выхожу из больницы в липкую жару и иду к морю — может быть, там будет ветер. Я встаю над морем. Тут и вправду задувает так, что можно петь в полный голос — никто не услышит. Надо мной орут чайки, разлетевшиеся белые клавиши аккордеона.

Я стою над горячим морем, и меня обдает ледяными брызгами. Я качаю лодку в тростнике под звуки итальянской оперы. Я слушаю рев водопада и перекатываю за щекой зеленый леденец. Я выбираю мебель в Икее для своей съемной квартиры в маленькой жаркой стране. Я смотрю на море и шепчу ему: «Аморе мио». Я люблю их всех и буду любить всегда. Ну может быть кроме того чувака, который оставлял выжатый чайный пакетик точно посередине кухонного стола.

ПОЭЗИЯ

Зоя ЯЩЕНКО

Поэт и лидер группы «Белая Гвардия», автор более 200 песен. Родилась в Полтаве. Закончила факультет журналистики МГУ. В студенческие годы пела в подземных переходах Москвы и Берлина. Вместе с группой путешествовала с гастролями по Франции, Германии, Голландии. Выпустила 20 музыкальных альбомов. Печаталась в «Московском комсомольце», «Вояже», «Людях», «Новом журнале», «Настоящем времени», «Литературной Америке» и других изданиях. Выпустила 5 книг, две из которых написаны для детей. В 2022 году отменила все концерты группы, в 2023 — записала антивоенный альбом «Прописью на стене».

* * *

Мир раскололся на две половины,
У места разлома сидит Безлицый,
Слюнявит грифель, рисует крестик
На детской, лучшей в стране, больнице.

На той половине гуляют с колясками,
Что-нибудь празднуют, торт нарезают...
На этой — коляски лежат под завалами,
С капельниц рваные трубки свисают.

На той половине в разгаре каникулы,
Красным сердечком взмывает шарик,
А те, которые под завалами,
Вы им, пожалуйста, не мешайте!

Между двумя половинами мира —
Пропасть. Над нею скрипит доска...
Никто не подходит, не видит, не слышит,
Как плачет ребенок с душой старика.

* * *

Кружила над гаражом луговая птица,
Ходила по водостоку, вертела чубом,
Ребенок возился рядом, чертил мелками,
Слетало с деревьев лето пушистым чудом.

А женщина в синем платье за хлебом вышла,
Шла гаражами, выбрав путь покороче,
Ребенок чертил мелком, ворковала птица,
А женщина шла за хлебом, спешила очень.

Меж детским садом и школой стелился клевер,
Кисель остывал в столовой, пчела гудела,
Шла женщина, на асфальте лежало солнце,
Лучи рисовал ребенок зеленым мелом.

А мяч за школой уже залетал в ворота,
Аптекарь уже дотянулся до верхней полки...
И вспышка, и разорвавшаяся ракета,
И медленно в дырку в небе летят осколки.

Зачем тебе это? Спи, покупай клубнику,
Всего лишь двенадцать жизней уже не повод...
Все цели поражены и почти забыты,
Сегодня ему понравился этот город.

* * *

Ложь. Ложь. Ложь. Ложь —
Ее разливают в бутылки из пластика,
В сумочках носят из лаковых кож,
Крепят к плащам наподобие хлястика.

Малую ложь окунают в купель,
Что помясистей — обгложут до хрящика,
Ложью с утра застилают постель
И наполняют почтовые ящики.

Варят теперь из нее карамель,
Наскоро свечи ваяют окопные,
А из украденных ею земель
Сооружают кварталы надгробные.

Улицы новою ложью мостят,
Срезав ковшом неудобную старую.
Мелкую — в чатах подъездных постят,
Брызжут с экранов громоздкою, ярою.

Ложь в электричках, в маршрутках, в метро
Едет в раек, озираясь украдкою,
Стуком колес усыпляя нутро,
В белом пальтишке с багровой подкладкою.

Трудно найти что-нибудь не из лжи,
В детских кроватках волчок ее вертится,
В небо врастают ее этажи —
В небо, в которое больше не верится.

Встанешь пораньше — идешь воевать,
Грудью — за ложную правду сермяжную!
Сколько веревочке ни зиговать,
Орден и ордер достанется каждому.

* * *

Когда бы выйти из дверей,
А там — сугробы выше шапки,
И снега свежие охапки
Летят с рождественских ветвей,

И набиваются в рукав,
Слепляют мокрые ресницы!
А все, что сталось, — только снится,
Законы времени поправ.

Еще не тронулись умом
Все эти тетки, бабки, няньки,
Их оболваненные ваньки
Еще не мечены клеймом.

Еще не тлеют по лесам
Их ископаемые танки,
Не мчат их праздничные санки
С ракетами по небесам,

Еще не молятся в церквях
За властелина преисподней,
Еще в угаре новогоднем
Не пляшут на своих костях.

Еще повсюду зеркала
Не искажают отраженье.
Зима. Январь. Его Рожденье.
Горит свеча. Метель бела.

И где-то в дальнем далеке
Средь звезд сияет Украина,
Окно — в узоре мезонина,
И мама в вязаном платке.

* * *

За «Курском» — «Москва» поднимается медленно
Из черной пучины со дна каменистого,
Матросы босые выходят на палубу,
Их взгляды тверды и движенья неистовы.

Солдаты встают в гимнастерках простреленных,
Их руки до хруста сжимают созвездия,

Безмолвно шагают полями звенящими,
И сердце стучит и кричит о возмездии.

И тысячи мирных, расстрелянных танками,
И тысячи спящих, убитых ракетами,
Идут по брусчатке рядами гудящими,
Сметая дома с колорадскими лентами.

И этот младенец, родившийся только что
В роддоме, прошитом под утро снарядами,
Плывет над москвой стеариновым облаком,
И градом на спины горбатые падает.

* * *

Не стоило тебе надевать эту форму,
Если нравится стрелять, стрелял бы в тире,
Выиграл бы там розового слоненка,
Подарил бы девушке из девятой квартиры.

Не стоило тебе надевать эту форму,
Это делает тебя хмурым и угловатым,
Состоящим из хрупких костей и испуга,
И практически сразу мертвым солдатом.

Ты помнишь, скольких ты уничтожил мирных?
Точно таких как ты, синеглазых и рыжих…
Не стоило тебе надевать эту форму,
Тот парень все еще бежит, но уже не дышит.

Не стоило тебе надевать эту форму,
Тут целятся в темноту, иногда наобум по пьянке,
Не всегда разбираются, где свои, где чужие,
Не спасает даже выпуклый панцирь танка.

У тебя же был выбор, стать твердым и плотным
Или таким вот пластилиново-ватным.
Не стоило тебе надевать эту форму,
Ни одна дорога здесь не приводит обратно.

У тебя же все было для охоты, игры и танца,
Если б ты захотел, то любому бы мог дать фору,
А теперь у тебя нет времени на последнее танго…
Не стоило тебе надевать эту форму.

* * *

Далекий мир, где уснул медвежонок мой,
забытый на детском стуле под теплым пледом,
хлебнувший моря, покрашенный наспех хной,
накормленный кашей гречневой и омлетом.

Дорожный зеленый плащ и раскрытый зонт,
стекает в ладошку дождь по погнутой спице,
двойная радуга — мостиком — в горизонт,
идешь по ней и идешь, не боясь разбиться.

Троллейбус, сдув с одуванчиков белый пух,
взлетает выше, дома́ за окном качая,
и этой ночью мы будем бродить до двух,
и вырастет куст жасмина в стакане чая.

Забытый мир, где не страшно от новостей,
в отсчет обратный еще не пустилось время,
и люди еще не стали стрелять в людей,
и можно еще про все говорить со всеми,

И можно поехать поездом — той весной,
сойдя с подножки, зашмыгав носом, обняться...
Мой город, подъезд, этаж, медвежонок мой...
И как мне туда из этой весны добраться?

По ту сторону жизней

Там есть пианино, оно иногда играет,
Когда засыпают местные вертухаи,
Играет о том, что неба не видно больше,
Его утянуло ветром куда-то к Польше,
И поясом Ориона, объятий вместо,
Затянуто платье бегущей за ним невесты.
Играет о том, что дом населяют тени,
По комнатам бродят горлицы и олени,
И вымыт слезами пол, и натерт золою,
Цепляясь за штору, сохнет в горшке алоэ,
О том играет, что жизнь разлетелась в клочья,
Что день, начавшись едва, обернулся ночью,
А черных клавиш все больше, они все громче,
Из всех языков там звонче поют на волчьем,
Там старые книги, заткнув чердака прорехи,
Срослись корешками и скоро дадут побеги,
И кто-то незримый подолгу листает ноты,
Танцуют солдаты, обняв свои пулеметы,
У всех начищены берцы и стерты лица.
И сосны шумят, и тоска из трубы струится.

* * *

Как будто ничего не происходит,
Бежит сапсан, с березок глаз не сводит,
Гудит вокзал, подсвечены витрины,
На выставках свежайшие картины,
Театр шумит и отпускает шутки,
У озера — шансон, петарды, утки,
Шашлык на шампурах румян и смачен,
И анекдот не нов, но так удачен,
Парад на площади, гулаги и гааги,
Велопробеги, танцы, песни, флаги,
И май богат вином и пахлавою,
И где-то там война. Сама собою...

* * *

Ну что вы все про Курск? По плану отпуск,
на Комо едет рыбьеглазый отпрыск,
другой летит над взморьем на Сейшелы,
зачем им Курск? Он сирый и замшелый!

— Кого спасать? Сидят себе в подвалах.
Тепло, не март! И не февраль! Бывало,
в двадцать втором сидели прямо в стужу!
Не наши? Ну а наши чем же хуже?

Горят дома? Авто? Аэропланы?
Ну... план такой. Разумнейший из планов.
Там, правда, до Орла подать рукою,
а дальше и Москва с Москва-рекою...

Но под Москвой войны вот этой нету,
не сейте панику, в Москве по плану лето!
Урал цветет! Благоухает Питер!
Езжайте в Беломорье, отдохните!

Ютуб закройте, новостную сводку:
все, что про Курск, — про область и подлодку,
и чтобы в щель и мышь не проскользнула!
Под Курском — мир! Подлодка — утонула.

Но как-то дымно в области и громко,
стоит село — в обидах и обломках,
и непонятно, кто спасет-поможет:
— А нас за что?! Огосподизачтоже?!

* * *

Я буду здесь, чтобы увидеть небо,
Когда сойдет с него чернильный морок,
И, может быть, вернутся в город люди,
Которые не стали жить в уныньи.
И, может быть, вернутся в небо птицы,
К цветам в садах вернутся ароматы,
И нарисует девочка в альбоме —
Голубку вместо черной эскадрильи.

И с мальчиков в приплюснутых пилотках
Их мамы сами снимут автоматы,
И не отпустят в мо́рочные школы,
И опустеют сумрачные классы,
И развернутся флюгеры на крышах,
Волнуемые свежим соком ветра,
И пелена спадет с открытых окон,
И срежет лето красные лампасы.

И чтобы гроб — внутри парчою устлан,
Как все они до помраченья любят,
А в нем — вот это все и все вот эти,
Земля не примет, так проглотит тина,

Пока еще не все засохли реки,
И над водой не все умолкли песни,
И не совсем еще окаменела
Под пальцами твердеющая глина.

И чтобы снова утро, снова море,
Спокойное, без мин и мертвой рыбы,
И где-то там вдали дрейфуют лодки,
Вода в лагуне светло-голубая,
И если можно, Господи, к обеду
Нарвем букет из острых телебашен,
И если можно, с корнем вырвем фразу
«Мы вне политики, всей правды мы не знаем».

И чтобы всюду белые афины
Возвысились над мертвым третьим римом,
И чтобы мы навеки не оглохли
От грохота безумных артиллерий,
И чтобы парус будущего — в море,
Такой далекий, пусть из парусины!
И если можно, Господи, на этом
Закончим фазу «проводы империй».

* * *

Наверное, где-нибудь в дальних горах
могли бы мы встретиться в тихой кофейне,
и кофе бы нам принесли на подносе,
и небо сияло как синяя шаль,
и солнечный ветер окутал террасу,
качая улиток на тонких травинках,
когда бы не встал между нами молчаньем
вот этот навеки распятый февраль.

А ты бы принес из аула черешню
и песню какой-то причудливой птицы,
и платье мое зазвенело цветами,
вплетаясь подолом в холмистую даль,
но кончился март и апрель, и в июне
не зреет черешня, и птица немая,
изранив уставшие крылья о скалы,
опять возвращается в черный февраль.

А горы стоят на своем, как и прежде,
но в облаке каждом и в ливнях небесных
мне чудятся слезы непрожитых жизней
и эхо невстреч, и земная печаль…
Наверное, где-нибудь в дальней кофейне
могли бы мы встретиться в августе млечном,
когда бы не птица и горечь черешни,
и в сердце застывшем холодный февраль.

Лада МИЛЛЕР

Писатель, поэт. Лауреат премии им. Э. Хемингуэя журнала «Новый Свет», 2020 г. Дипломант международных литературных конкурсов за 2022 г.: «Лучшая книга года» (Германия) и премии имени Марка Твена. Изданные книги: «Голос твой» (2015), «В переводе с птичьего» (2018), «Мурашки для Флейты» (2020), «Заговоренные» (2021), «Разбудить Маниту» (2022), «За что они нас?» (2023). Родилась в Новгороде, с 1991 по 2002 жила в Израиле, с 2002 г. живет в Канаде. Врач-ревматолог, замужем, трое детей.

Когда человек смеется

Очнемся — темно и рано. Откроем на небе свет.
Поставим на стол стаканы, да силы на радость нет.
Когда человек… Непросто — решиться: Теперь — пора.
Покатимся, как наперстки, в шершавый пролом двора,
Из сумрачного «все в прошлом» — в ошибку и кутерьму,
Где осень мешает ложкой распаренную хурму,
Где листья глотают ямы, где ветер летит в плаще,
Где дворник еще не пьяный, а праздничный и вообще.

Когда человек смеется… Ты знаешь, я даже рад,
Что все холоднее солнце (зато беззаботней взгляд).
Из окон — то брань, то Шнитке, то юшка, то контрабас.
Оглянемся на пожитки, взлетим и… помилуй нас!

Было море

Было море — отступило безболезненно назад.
Запыленные оливы, изможденный виноград
Помнят вкус его и запах, слышат шепот и прибой.
(Что мы знали о прибое? — это голод, это вой,
Это страсть.) Теперь осталось — улыбаться, тихо петь.
(Черепки утащит море, обнажая грусть и твердь,
Камни выпадут, как рыбы, на безжизненное дно.)
…Помнишь, пили на закате беспокойное вино,
Прижимали губы к солнцу, обжигались морем всласть.
Кто позволил этой бездне вытечь, высохнуть, пропасть,
Раствориться без остатка в отцветающей тиши?
Было море — стало горе.
Или, если хочешь, жизнь.

Первые слова

Ах, как мечталось заболеть поэзией. Дойти до сути,
Пока улыбчивая смерть играет шариками ртути
Еще не высказанных слов. Пока накатывает жажда,
Которая всегда — любовь, а все, что не любовь, — не важно.

И были первые слова — тугие, гладкие оливы,
И мы с тобой — как дважды два — не скучны, противоречивы…

Хоть нам уже немало лет, чтобы чему-то удивиться,
Но оказалось — сути нет. Изголодавшаяся птица
С ума веселого свела, сжила с наскучившего света.
Все неотложные дела — отпущены и недопеты,
Все в грудь вошедшие слова — неразорвавшиеся пули.
А что — Поэзия? Жива. Хоть в этом нас не обманули.

Утешь меня, слово

На улицу б вышла, да улицы нет,
Как холодно улицы без.
Моих дорогих собеседников след
Вот только что был — и исчез.

Ушел, зацепившись за шляпку гвоздя,
Ни с чем несравнимый покой.
А я повторяю — бояться нельзя,
И голос колотится мой
О стены, о кровли, о неба клобук,
Летит бестолково на свет,
А время идет и ломает каблук,
И вот уже времени нет.

Не жизнь, а потеха — гремят жернова,
Швыряют в несытую брешь.
…А слово услышу — и снова жива.
Утешь меня, слово, утешь.

Давай, улыбнись

День полон Шагалом и хрупкой листвой,
Дрожащей от смеха и ветра,
И мы вдруг становимся сами собой
Безудержно и беззаветно.

Ах, как удивляются сквер и вокзал,
И все бесполезные вещи —
Над улицей люди (Шагал, так Шагал) —
Цветными шарами трепещут.

По парам и врозь. Улыбаясь и нет.
Промокшие, легкие люди
Проносятся, трогая щеки планет
И млечные звездные груди.

Сегодня, любимый, наш первый полет,
Пусть ты опечален и болен,
И пусть за туманом окрестных болот
Не видно плечей колоколен,

Давай, улыбнись. Изумится народ,
Трамвай громыхающий взвизгнет,
А небо подхватит тебя и спасет
От всепоглощающей жизни.

О начале

Оставшись, я уже не убегу.
Мы будем жить с тобой на берегу,
Делить еду и легкую работу,
Перебирать задумчиво песок,
Рожать детей, креститься на восток
И соблюдать, как водится, субботу.

В кувшине глина. В облаке вода.
Рука в руке... Прощать и обладать,
Чтоб не терять необходимый трепет,
Не в этом ли святая благодать?
(Когда в саду распустится беда,
Заголосим, но губы не разлепим)

Я не о том, любимый, не о том
(Уносит море тело, память, дом,
Знакомые до обморока лица)
Я о начале. Все-таки уйду.
Остаться, это значит на беду,
Как и на счастье, взять и согласиться.

И нет счастливее

Проснемся — цветет восток,
Спускается — ниже, ниже.
Прости мой щенячий восторг,
Иди же ко мне, иди же.

Пока немоту холста
Крадут голоса и пятна,
Побудь со мной — непроста,
Заманчива, непонятна.

Еще ни разлук, ни ссор,
Еще горячо и сладко,
Что ж я, как последний вор,
Гляжу на тебя украдкой —

Любуюсь. И весь твой свет
Небесный — мне мед и млеко.
А сердце болит, и нет
Счастливее человека.

Божьи знаки

Там, где с гор сбегают маки,
Где оливы просят тени,
Кто-то пишет божьи знаки,
Опустившись на колени,

Чьи ладони, словно листья,
Чьи печали, словно плечи,
В алый зной макая кисти,
Разрисовывает вечность,

Чтобы там, где пепелище,
Вырос дом, поспело тесто.
Хочешь, мы с тобой отыщем
Это ласковое место?

Чтобы ты увидел Бога,
Чтобы я шептала: «Милый»,
Чтобы жизнь была нестрогой,
Чтобы смерть была красивой.

Там, где небо тучи застят,
Где от слез промокло море,
Кто-то пишет слово «Счастье»
И зачеркивает «Горе».

Там, где нежно и подробно,
Дружат люди и собаки —
Пишет кровью божьи знаки
Кто-то правильный и добрый.

Рита ИНИНА

Настоящее имя Маргарита Калинина. Родилась в Ленинграде, выросла в Царском Селе. Окончила Ленинградский Театральный Институт по специальности художник-постановщик театра и кино. В 1980-х работала художником-постановщиком в разных театрах. Иноа как режиссер ставила небольшие пьесы, которые писала сама или делала адаптацию. В начале 90-х эмигрировала в США, Сиэтл. Выучилась на медсестру. Работает по специальности.

Наконец-то мне удалось начать и завершить свое школьное сочинение на тему «Поэт и толпа», или «Поэт и государство». Не прошло и пятидесяти лет. Ни в восьмом, ни в десятом классе я эти темы никогда не выбирала и всегда предпочитала тему народности в поэзии Пушкина, или Некрасова. До сих пор не знаю, что это такое.

Продолжение и завершение незаконченного алфавита, который начинается на «Я». Где название имеет такое же значение, как и остальное стихотворение.

Песня сумасшедшей Яфелии. Ну, сами понимаете. Перед тем как окунуться. И если мы заметим, то говорит она о себе иногда не последовательно, в лице третьем.

Пока наивных нет нужды отстреливать, они уходят сами. Вон там, не за горами валяется их глупая страна. Без всяких непреложных оснований она подтверждена границею на карте. Вот только в самом яростном азарте вам этой карты не найти нигде. Она висеть осталась на гвозде в той самой городской библиотеке, в которой по какой-то щедроте дворовый рэкет, прихватив все книги на макулатуру, чтоб получить в обмен подписку на Культуру (журнальчик местный), не тронул чарты неизведанной земли, конкретно, вследствие потери интереса, который по дороге растрясли.

Локсодрома сферы, наложенная древним инженером на эксцентричность эллипсоида, была сторгована заезжим антикваром. За этот раритет, полученный практически задаром, он заплатил картонными деньгами, которые не стоили бумаги и чернил, потраченных на типографию и водяные знаки. Меж тем, болтающиеся меж столов зеваки в развалах старины ненужной этикеток нашли металлоскопом Зодиака метки, раскрашенные под зверей, прирученных в соседнем зоопарке. Зачем им карта? Когда по звездам, отражающим пивных бутылок свет, на ощупь, по чуть-чуть, они в конце концов найдут свой странный путь.

Прощальные ремарки брошены на ветер, слова ушли в песок водою талой. В текущей жизни смете не предусмотрены расходы на простую жалость. Она на луже емкой растянута бензина тонкой пленкой и радугой блестит. Вот все, что от нее осталось. Возьми ее в ладонь и от раздора подальше унеси. Смертельная усталость мастерски хранит остатки сил в секретах железы, производящей слезы. Однако и они становятся бесхозны, скатившись вертикально в край щеки.

Советам вопреки, в масштабе верном карта была подарена Лаэрту, чтобы он смог по ней найти сестру и заступиться за честь семьи. Но он, запутавшись в проекции Меркатора, почти что в забытьи, увлекся изучением дна морского и опоздал к началу оскорбления.

В конце концов событий отражения были донесены Гольфстримом на волне короткой и достигли места, где его грот-мачта выстраивалась четко под прямым углом к оси земной. Наперебой морские птицы кричали что-то из палеогена. Фрегата вздернутый надменно нос в волненье тихом море целовало нежно, озона купорос сливался с глубиною неизбежно на горизонте: туда географы перенесли на время край земли. Объятье ветра парусами сулило легкий переход между соседними морями.

А между тем на полушарии другом его сестра, задумавшись, в толпе стояла голая, пуская побоку слова незваного психолога и отклонившись от смысла здравого в сторонку.

С препятствиями гонку она оставила соперницам. На лицах их печатки кружев, как на теплом сургуче, когда снаружи, на листе, витиеватый бренд педализирует подарочность товара. На шару выпить и заесть любители пиара сплотились кучно у столов. Молчание жующих ртов созвучно рукокрылых песнопению. Ни звука и она не издала. Без сожаления она щипала свою ладонь и ноготки впивала в плоть, сжимая побелевшие суставы. Ведь это сон? — вертелось в голове. Ничто не помогало осуществить желание проснуться. А вскоре и оно пропало. Поскольку привычка овладела, преодолев рефлекс условный тела — прикрыться. Таблица умножения, составленная в древнем Вавилоне, вертелась колесом в мозгу. На этом берегу она считала числа, чтобы заполнить циферблат, растянутый в небытие годов испанцем сумасбродным на расстояние в пять лет.

«Ведь я поэт? — подумала она. — И мой менталитет предпочитает науки той земли где я стою, ногами уперевшись в меридиана беспредел. Быть может, это мой удел расчерчивать границы подсознания? Безлюдная моя кают-компания тесна для бунтарей всех рас и убеждений. Без лишних угрызений я, как диджей туземный, раздолбаю треки надоевших песен, чтобы связать их ненароком в петлю симфонии жестокой. Неинтересна мне мятежного террора склока! Я предпочту боям занятья винодела…»

Ее щека белее мела на стене, где штукатурка медленно твердела, пытаясь стать гранитом тщетно. Пестро и трафаретно к приезду главного судьи роскошный макияж был наведен на всех перегородках, заполнивших пробел между судьбой и долей. Кокетливое скопище из троллей разглаживало складки на цветных шнурках и чистило ботинки канифолью. В их блеске бесконтрольном, как в ртутной амальгаме, суровый протокол суда был отражен без всяких искажений. Печатных слов значений она не поняла и тихо вышла в потайную дверь.

Суровый зверь дремал на страже у ворот, сложивши голову на лапы, и не проснулся от ее шагов. Стук топоров, рубивших сосны на хештеги леса, не умолкал. Продольный стапель пустовал, избавившись от судна с праздным названием «Ковчег». Тайком задуманный побег не вписывался в красоту ее фантазий сокровенных.

— А делать что? Опять начнут блаженных жечь на костре, и я одна из тех, пока что вничью сыгравших на заношенной доске.

Пойти к ручью? Вот он, блестит невдалеке. Средь сосен гордых налегке вода течет практически свободно без лодок и мостов, забыв о леднике.

Вода была приятной свежести, как газировка у ларька в далеком детстве. Ну вот, моя счастливая концовка! воскликнула она самозабвенно, когда ее разбитые колени покрылись бисером и тело сжалось до размеров нэцкэ.

Осталось только лечь на дно, одеться в темный ил, как в мягкое сукно, и удержаться там, покуда хватит сил или давление извне не уравняется с ги-

пертонией глаз. Эквилибрический гомеостаз воды и тела оформиться как целое, недробное число, окружность, ноль. Исчезнет боль, и тишина заложит уши ватой. А мир вовне окажется больничною палатой с оставленною пациента картой, где врач на выписку забыл поставить дату.

Местная ведунья, коренья и цветки укладывая в старую кошелку, прошепелявила занудно: «Ты даже не пытайся, булавку в шелке отыскать не трудно, она уколет, если туго затянуть; когда разряд по плаванию имеешь, то просто невозможно утонуть! Запомни, что из ила смузи ты всегда хлебнуть успеешь.

Ложись на воду, как в постель, и дай течению воды нести себя по кругу. Гадать не буду, но не пройдет и года, как с попутным ветром вернется твой Лаэрт. Пейзаж его морской уже поставлен на мольберт, и маринист своею кистью тонкой торопится соединить ультрамарин с лазурью звонкой на отшлифованной поверхности картона. Покуда ты, по гидростатики закону, водомеркой хрупкой будешь скользить по отражению высоты, твой юнга синеглазый уже направит румпель шлюпки на дно небесной сферы кубка, подальше от земли холста, там, где остался дом кустарный твой, все недостроен, недокрашен, и флюгер в виде птицы машет обрывками железного хвоста, да пьяный спит мастеровой.

Вода из родника, пробившись из-под камня, каверну глиняную наполняла и дальше, выходя из тупика, протяжным рукавом тянулась, огибая остров и в залив впадая.

Она плыла, мечтая, как ей велела мудрая старуха. Журчание воды ласкало ухо и, рукою заслонив глаза от солнца, она смотрела в направлении океана.

Но что это? Пиратами захваченная в плен Фата Моргана кричит ей с мачты корабля — не верь обману! Рангоут с парусами уже возник на скате неба, он реален, и слышен скрип и напряжение стаксель-шкота, держащий правый галс…и вдруг угасло все, лишь ветер спал и стоило рассеяться туману.

Так получается, что рано, слишком рано обрадовалась я? И этот ветер переменный, состряпанный по-быстрому, мгновенно, не нарушая внешнего комфорта (на тройку тянет по шкале Бофорта) сумел лишь облака, как птичьи перья, картинно разложить по атмосфере! Ненастье в одиночку пережив, какому миражу наивно мне придется верить в мой следующий внеплановый заплыв?

Рита 2024

Мила БОРН

Сценарист, писатель, член «Союза писателей XXI века», автор книг «Голодный остров», «Дети Гамельна», «Memory postum». Родилась в 1972 году в Волгограде. Окончила Литературный институт им. Горького и сценарный факультет ВГИК. Принимала участие в различных издательских проектах. Публиковалась в российских и зарубежных изданиях: «Новая Юность», «Волга», «Зинзивер», «Дети Ра», «Артикуляция», «Фабрика литературы», «Вторник», «Литоскоп», «Literratura», «Четвертая волна», «Эмигрантская лира», «Литобоз», «Четырехлистник», «Точка зрения», «Перископ», «Этажи», «Зарубежные записки», «Берлин. Берега» и другие. В 2019 году стала дипломантом 39-го Международного фестиваля ВГИК в номинации «Сценарий полнометражного игрового фильма». В настоящее время проживает в Германии.

* * *

Смерть стояла, склонясь надо мною,
пульс мне щупала тонкой рукою,
как когда-то в районной больнице,
увозя меня на колеснице
в царство морфия, чрево колодца,
медсестра, перед тем, как колоться,
проверяла, живая ли вена —
все как будто обыкновенно...
Помню утро и свет непривычный,
я лежала в палате больничной,
а пылинки в луче, как живые,
кувыркались, и, будто впервые
наклонясь надо мной, откровенно
смерть шептала про чью-то замену.
Болью капало прямо в глазницы,
было сонно, бездонно, и лица
приходивших ко мне акварелью
разливались над смятой постелью...
Я очнулась. Как будто живая.
Так бывает, когда отпускает:
привкус ваты во рту и усталость,
и не знаешь, что телу осталось,
и не помнишь, куда возвращаться
из больничного плена. От счастья
загадала, что жить буду вечно
с этих пор. А в ночи бесконечной
за раскрытою дверью белело
простынею накрытое тело.

Д.К.

когда к вагонным стеклам липнет снег
похожий на застиранную марлю
и время как усталый имярек
бормочет что-то медленное к марту
готовясь словно изморозь к дождю
всем кажется вот-вот и мы приедем
туда где я еще наивно жду
чего-то но случайные соседи
мы едем едем креозотный дух
чадит по стенам тамбура пустого
где проводник простуженный пастух
смолит с попутчиком за словом слово
спасая от заснеженной тоски
но вопреки колесным перестукам
за стенкой кто-то мается не спит
и в ресторане пахнет скисшим супом
а мой сосед усталый пассажир
глядит в окно и взгляд его печален
как будто зная наш ориентир
он позабыл простую часть начальных
маршрутных данных странно как у нас
в купе то духота то стынь такая
что сонный проводник в бессонный час
сбиваясь с ног несет стаканы с чаем
а мой сосед сойдет на полпути
рукою не махнув и в снегопаде
в конце концов исчезнет не найти
уже того кто скажет правды ради
зачем нам эта странная езда
ночная над заснеженной равниной
которая не станет никогда
всеоправдавшей этот путь причиной
и только снег как вечности помол
летит в окно и тают хлопья где-то
на дальней станции где будут дом и стол
когда мы наконец приедем в лето

БЕЛОШВЕЙКИ

Так никого и не родивших женщин —
сорочки белые, как светляки
среди полей кроватных. Как легки
и бестелесны те, кто бесконечно
корнями прорастает через пол
и плинтуса больничных коридоров,
где вместо жара кости ломит холод
и душит едким запахом карбол,

те белошвейки, что кроят судьбу
так неумело, что едва хватило
на них самих, а выбранная сила
вот-вот умрет. Скрывает худобу
испод ночных сорочек до колен,
но жизнь еще лежит в руках продрогших,
не справившихся с непомерной ношей
того, кто управляет миром тем
и на рассвете этих мастериц
по коридорам стылого Аида
погонит прочь, хоть ночь не хочет выдать
беспечных пленниц из своих темниц.

* * *

Декабрь в саду. Окна глухая рама.
Деревьев ветви — черный шрифт на белом.
Сын говорит мне: «Посмотри, все прямо
цветет зимой». А мне в зиме бестелой
лишь видится бесцветность снегопада
в минорном бело-черном постоянстве.
Так смерть, должно быть, смотрит из засады
на жизнь и притворяется пространством.
Мне видится, как смыслы утекают
сквозь решето написанного слова,
пока в окне ребенка восхищает
метаморфоза снежного покрова.
Быть может, правда — в детском восхищеньи,
наивности, не знающей запрета
ни в чем еще. А я — лишь отраженье
календарем растраченного лета.
Но время, тот пейзаж переживая,
неумолимо движется по кругу.
И я смотрю на сына, понимая,
что дни, не поделившие друг с другом
за их пределом сгинувшее лето,
еще теплы, но так уже не будет
у нас в саду. Но знает ли об этом
ребенок, так мечтающий о чуде?

* * *

Окончена Троянская война.
Ахейцы непомерные трофеи
сгружают жадно, без разбора на
скучающий Арго. А ветер веет
и в локонах остывших близнецов,
и в бороде отца Лаокоона —
жестокий мир богов и дураков
не переспорить никому. Бездомно
скулит среди руин голодный пес.
Кого бы не искал он, все без дела.
И уцелевшие среди берез
слоняются весь день. В палатке белой
кого-то зашивает пьяный врач,
хватая тающую жизнь за жабры.
И ладно, если выжил бы. Но плач
сидящей рядом с рваным телом бабы
все обнулил. Бесплотны рукава
живой от пота мужчиной рубахи.
И клонится над нею голова
рассудок потерявшей Андромахи.

* * *

А если всматриваться слишком близко
друг в друга, то окажется, что мы
не так уж и божественно красивы,
умны, талантливы, не так уж безупречны.
Как быстротечно время лица плавит,
за годом год притворствуя, но правя
знакомые и милые черты.
И у черты, которая заставит
принять и то, что слишком скоротечно
растрачивалось, то, что берегли
и любовались прежним совершенством,
останется остыть и просто жить,
не всматриваясь пристально друг в друга.
Какая ж это мука — просто быть!
Ведь нить, связавшая нас временем, отпустит
однажды каждого, и важно — не забыть,
что, всматриваясь слишком, слишком близко
друг в друга, мы совсем не узнаем
чего-то ускользающего в буднях.
Как это трудно — вовремя успеть
бесплотное, прекрасное, такое
неброское, простое
разглядеть.

Андрей ГУЩИН

Поэт, главный редактор международного литературно-художественного альманаха «Новый Гильгамеш». Живет в Киеве. Автор поэтических книг «Атлантические песни» (М.: Траверса, 1999), «Солнечный остров Буян» (М.: Водолей, 2012), «Сизиф на вершине» (СПб.: Алетейя, 2018), «Оболонь и окрестности» (Киев: Друкарский двор Олега Федорова, 2022). Публиковался в журналах «Интерпозия», «Нева», «Крещатик», «Новый Свет».

Я ИДУ С МЕЧЕМ, СУДИЯ

(2020-2023)

* * *

Сверкает, падая, ракета.
Чихает ржавая «Победа».
А победители убиты
И плащ-палатками накрыты.

Никто да «не отыдет тощ».
Пророк предсказывает дождь
К субботе — значит, будет вёдро.
На нас злоумышляют подло.

Мятеж беспомощен, поспешен
И неизбежен...

* * *

Вернулся Одиссей, а жонка
Давно с соседом повенчалась.
Душа — зловещая воронка,
В нее, как желчь, стекает жалость.

А галочий наивный стрекот
Людские стоны заглушает.
И в том ни грусти, ни упрека.
Собака носит, ветер лает.

* * *

На столе просекко, ананас.
За стеною кто-то сквернословит,
Только небо ограничивает нас,
BLM штурмует Капитолий.

Поезд загудит вдали надсадно.
Закричит от радости невеста.
Вздрогнет обветшалый палисадник.
Бабушки примолкнут у подъезда.

* * *

Мещане едут на рыбалку.
Звенит в багажнике коньяк,
А мимо проплывают свалки
(в кустах орудует маньяк),
Заводов черные провалы,
Лабазы, склады, и подвалы,
И обесточенный маяк.

Шумит искусственное море,
И патлы треплет ветерок.
Но юности какое горе? —
Запасена закуска впрок.
Подруги заняты цветами,
А рыбы ловят воздух ртами,
И жизни пар ушел в свисток.

* * *

Юдоль раскинулась, необозримый плес,
И ты бежишь за боры, за Карпаты,
Туда, где бьет скалу каменотес,
Вечерний воздух — мрамор розоватый.

А ты струишь Дунаем на закат
Или на юг, устав от географий,
Гремя, и возрастая во сто крат,
И впитывая мудрость эпитафий.

* * *

С метафизических высот
Прораб оглядывает землю,
Событий новый поворот
Без удивления приемля.

Осталось малое большим:
Вот депутаты в позе лотоса.
Ковида код несокрушим,
Непостижимы тайны космоса.

* * *

Войны огонь, а мы киоты.
Свети́тся благодатный день,
Когда по пахоте пехота
И каску взрывом набекрень.

Но цел-целешенек. Иконка.
Души заветное клише.
А сердце рвется там, где тонко,
И дух гуляет в неглиже.

* * *

Дыханием весны обьяты
Особняки, лабазы, хаты.
Я поднимаюсь на утес,
Как некий Разин, вижу плес.

Велик разлив реки. За далью
Блестит расплавленной медалью
«За храбрость» сталкерская Припять.
Ну отчего так тянет выпить

В День Скорби либо
Примиренья
Под залпы майские сирени?

* * *

Десна, Бобровня,Чорторой
И прочие ручьи и речки
Породу моют под горой.
Спешат куда-то человечки.

Горят на спусках тормоза,
И пылью накрывает город.
Небес тускнеет бирюза,
И холодок бежит за ворот.

* * *

Что знают круглые колени
О скушных правилах приличия?
Смешны серьезные намерения,
Курьезна мания величия.

Ведь мы с тобой разновреме́нны,
И наши силы разновекторны,
А на просторе белопенном,
Как прежде, бесконечно ветрено.

* * *

Сегодня ветрено, и волны
палимпсеста
Накатывают гулко. Через время
Я расскажу тебе, царевая невеста,
Как имя вырезал твое на древе.

Все рушится кругом. Дома-киоты,
А в них икон задумчивые липы.
В лазури серебрятся самолеты,
Как гуси-лебеди в
славянском архетипе.

* * *

Моя любовь чадит и тлеет,
И крыша черная провалена.
Пожары душу не согреют —
Все — головешки да окалина.

Торговый центр «Динамит»,
Грустит боярыня Морозова.
Толпа досужая шумит,
И лица от мороза розовы.

* * *

А птицелов, как Дионис,
Сиял незримыми
доспехами.
Катились мы с тобою вниз,
Катились по́д гору с орехами.

В прорехи сна — жемчужный день
С хурмой и мелкими проделками.
Тень находила на плетень,
Шел мелкий дождик в Переделкино.

* * *

Красота в глазах незрящего.
Что упало — то пропащее.
О былом не будет думы,
Мы и без того угрюмы.

Красен праздник близгрядущий,
Сон веселый, завидущий!
Будет-будет детвора
Елку наряжать с утра.

* * *

Не елку — палку нарядили,
Украсили одной игрушкой.
Ни бус, ни ваты, ни кандили,
Лишь фейерверк на всю катушку.
Вот так мы Новый год встречаем
Вдали от ларов и пенатов.
МиГ-29 — миг отчаяния.
Горячий бой идет под Сватово.

* * *

С фенербахчи собравши дыни,
Помолимся о дикой родине,
О церкви истинно единой
В Метохии и Воеводине,

О винограде нежно-розовом
И крови, капающей в чашу.
О всех почивших прежде в Бозе,
Зерном в сырую землю павших.

Летчики

Они улетают туда, где снег,
Где нет половодья — в края иные,
Как некогда аргонавты.
Туманный брег.
И за туманом
Друзья, родные,

Медуза-горгона, харибды
пасть.
Слетаются души на мед и млеко.
И нужно держаться, чтоб не упасть,
Витрувианскому человеку.

* * *

Вот и веселья кот наплакал,
Но плач и стоны — богу в уши.
Так хочется тропарь послушать,
Кулич на стол поставить лакомый.
Из темноты следить, как свечи
Неумолимо исчезают,
Как золотистый луч пронзает
Нагое тело человечье.

* * *

Димер. Хотяновка. Десна.
Жуки и бабочки летают.
Весна бесстыжа и красна,
А звезды тают, тают, тают.

Через Десну Калинов мост.
На берегу костры горючие.
Выводит трели певчий дрозд
За проволоками колючими.

* * *

Се месяц Май в зеленом вретище
Запоем пьет вино весеннее,
Не просыхает в воскресение -
Незабываемое зрелище.

Салют военный троекратный,
Веселый звук бензопилы.
И мат священный,
благодатный,
И журавлей курлы-курлы.

* * *

Девичь-гора: ручьи Лукрец, Песчаный,
Протасов Яр, Ореховатка, Совка.
Здесь жили греки, русы, англичане.
Неординарная тусовка.

Сквозь призму времени, его большую линзу
Посмотришь на сады и огороды —
Поля зеленые навроде антиминса
На стертом алтаре природы.

Здесь статуй нет Свободы очевидно,
Зато пейзаж хранит иную вольность:
Гранит сердец — в нем потайная полость,
И гидра притаилась коммунизма.

У Золотых Ворот на старом месте
Зажглась зари китайская
подделка
И осветила пыльную окрестность.
На опохмелку

Трамваи редкие бегут по адресам,
Стуча колесами, звеня резьбою.
Валы, исчезнувшие как универсам,
Дым над трубою.

И за́ день Киев вряд ли обойдешь,
Но внутренним увидишь оком,
Лишь засияет утренняя брошь —
Звезда востока…

ПЕРЕВОД, ИНОСТРАННАЯ ЛИТЕРАТУРА

Андрей ДЕМЕНЮК

По образованию горный инженер-геолог, г. Санкт-Петербург. Стихи, проза, поэтические переводы публиковались в журналах «День и Ночь», «Подъем», «Иностранная литература». Несколько десятков стихов были использованы в музыкальных произведениях сибирскими композиторами. Литературный переводчик.

Мишель Уэльбек

По мне, свобода — это миф...

(La liberté me semble un mythe…
Renaissance, Flammarion,1999)

La liberté me semble un mythe,
Ou bien c'est un surnom du vide;
La liberté, franchement, m'irrite,
On atteint vite à l'insipide.
J'ai eu diverses choses à dire
Ce matin, très tôt, vers six heures
J'ai basculé dans le délire,
Puis j'ai passé l'aspirateur.
Le non-être flotte alentour
Et se colle à nos peaux humides;
De temps en temps on fait l'amour,
Nos corps sont las. Le ciel est vide.

По мне, свобода — это миф.
И даже меньше — звук пустой.
Свобода вмиг, меня смутив,
Свелась к банальности простой...
Я много что имел в виду
Сказать, подняв такой вопрос,
Но я спросоня, как в бреду...
Включил случайно пылесос...
Небытие объяло нас,
И к нашей влажной коже льнет.
Любви предавшись много раз
Уснули мы.
Пуст небосвод.

Я боюсь этих людей

(J'ai peur de tous ces gens…
La Poursuite Du Bonheur,Librio, 1992)

J'ai peur de tous ces gens raisonnables et soumis
Qui voudraient me priver de mes amphétamines.
Pourquoi vouloir m'ôter mes dernières amies?
Mon corps est fatigué et ma vie presque en ruine.
Souvent les médecins, ces pustules noircies,
Fatiguent mon cerveau de sentences uniformes;
Je vis ou je survis très en dehors des normes;
Je m'en fous. Et mon but n'est pas dans cette vie.
Quelquefois le matin je sursaute et je crie.
C'est rapide c'est très bref mais là j'ai vraiment mal;
Je m'en fous et j'emmerde la protection sociale.
Le soir je relis Kant, je suis seul dans mon lit.
Je pense à ma journée, c'est très chirurgical;
Je m'en fous. Je reviens vers le point initial.

Я боюсь этих мудрых и милых людей,
Что решили — мне вреден амфетамин.
Но зачем мне лишаться последних друзей?
Это тело устало, эта жизнь из руин.
Доктора раздражают подобно прыщу,
Их заученный треп утомляет давно.
За границами норм выживаю я, но
Мне плевать. В жизни этой я смысл не ищу.
По утрам я могу и орать, и скакать,
Но нечасто и долго жалею потом,
Наплевать мне на их социальный дурдом.
И читаю я Канта, упав на кровать,
Как хирург препарируя опыт дневной...
Мне плевать. Возвращаюсь я в пункт отправной.

Если уже узнал…

(Après avoir connu la nature de la vie.
Renaussance, Flammarion,1999)

Après avoir connu la nature de la vie
L'avoir examinée, soupesée en détail,
On aimerait détruire ce qui peut être détruit
Mais tout semble solide, et l'informe bétail
Des êtres humains poursuit
Son réengendrement, tant pis, vaille que vaille.
Le matin de mes jours m'apparaît vaguement
Lorsque je suis assis, tordu devant ma table,
Tout semble s'effacer et se couvrir de sable,
Le matin de mes jours disparaît lentement.

Если уже осознал, что означает жить,
Что в этой жизни почем, и горя успел хлебнуть,
Хочется все разбить, то что можно разбить,
Хоть и крепко на вид. Но наша животная суть
Не может никак отпустить
Свое порождение…Жуть!
Но этого не изменить.
Я устремляю взгляд в раннего утра муть
И за столом сижу, скрючившись стариком…
Мир за окном размыт и словно покрыт песком.
Утро уходит прочь, в прошлое, по чуть-чуть.

Мы в душ вползаем по утрам…

(On pénètre dans la salle de bains,
Renaissance, Flamnarion,1999)

On pénètre dans la salle de bains,
Et c'est la vie qui recommence
On n'en voulait plus, du matin,
Seul dans la nuit d'indifférence.
Il faut tout reprendre à zéro
Muni d'une donne amoindrie,
Il faut rejouer les numéros
Au bord des poubelles attendries.
Dans le matin qui se transforme
En un lac de néant candide
On reconnaît la vie, les formes,
Semi-transitions vers le vide.

Мы в душ вползаем по утрам
И в жизнь вступаем, словно в бой.
Не по нутру и утро нам,
Нам только ночь несет покой.

Нам нужно все начать с нуля.
И, ограничив данных ввод,
Узнать их очередность для
Отправки в мусоропровод.

Сливая утро в водоем
Ничтожной глупой суеты,
Мы мир и жизнь распознаем
На полпути до пустоты.

Свет дня опал

(Le soleil tombe…
Renaissance, Flamnarion, 1999)

Le soleil tombe
Et je résiste
Au bord des tombes,
Bravo l'artiste!
La lune est morte,
Morte de froid
Mais que m'importe!
Je suis le roi.
Le jour se lève
Comme un ballon
Qui monte et crève
À l'horizon,
Qui dégouline
De vapeurs grises,
Dans la cuisine
Je m'amenuise.

Погас закат.
А я завис
Над входом в ад.
На бис, артист!
Исчез Луны
Замерзший ноль.
Мне хоть бы хны.
Да, я — король!
Взлетел как зонд.
Светила шар.
Сквозь горизонт
Струится пар.
С приходом дня
Меняю роль:
На кухне я.
Я — снова ноль.

Полдень

(Midi, Le sens du combat, 1996)

La rue Surcouf s'étend, pluvieuse;
Au loin, un charcutier-traiteur.
Une Américaine amoureuse
Écrit à l'élu de son cœur.
La vie s'écoule à petits coups;
Les humains sous leur parapluie
Cherchent une porte de sortie
Entre la panique et l'ennui
(Mégots écrasés dans la boue).
Existence à basse altitude,
Mouvements lents d'un bulldozer;
J'ai vécu un bref interlude
Dans le café soudain désert.

Ливни гуляют по рю Сюркуф.
Разносчик еды спешит.
Американка, слезу смахнув,
Любовнику пишет в тиши.

Ливень рассеял толпу, хоть чуть-чуть.
Люди, подняв зонты,
Ищут в какую бы дверь улизнуть
Без паники и суеты.
Окурки в потоке воды...

Вот так прерывается жизнь, как акт,
Дорожным затыв катком.
А я проживаю этот антракт
В кафе непривычно пустом.

В кафе

(Je suis difficile à situer,
Renaissance, Flammarion,1999)

Je suis difficile à situer
Dans ce café (certains soirs, bal);
Ils discutent d'affaires locales,
D'argent à perdre, de gens à tuer.
Je vais prendre un café et la note;
On n'est pas vraiment à Woodstock.
Les clients du bar sont partis,
Ils ont fini leurs Martinis,Hi hi!

В кафе этом трудно себя разместить,
Ведь тут каждый вечер танцуют тела.
Потом обсуждают простые дела:
Как деньги спасти, как кого-то пришить.
Я чашечку кофе и счет получу.
Клиенты допив свой мартини уйдут.
«На Вудсток напрасно надеяться тут..»
Я сам над собой хохочу.

Каштаны в парке Люксембург...

(Les marronniers du Luxembourg,
Renaissance, Flammarion,1999)

Les marronniers du Luxembourg
Attrapent un soleil manifeste.
J'ai envie de faire l'amour;
Ordinairement, je me déteste.
Pourquoi tout cet or répandu
Dans les rayons du ciel d'octobre?
Il faudrait croire qu'on a vécu
Qu'on disparaît, concis et sobre,
Et sans regret. Que de mensonges…
Pourquoi faire croire qu'on est heureux?
Je me remplis comme une éponge
D'un cafard fin et nauséeux.

Каштаны в парке Люксембург
Ветвями ловят свет небес.
И дух любовных авантюр
Во мне непрошено воскрес.
Зачем все стало золотым
В лучах небесных октября?
Ведь лучше помнить нам, живым,
Что мы умрем, не тешить зря
Себя мечтой. И хватит врать
Себе о счастье день-деньской...
И наполняюсь я опять,
Как губка сплином и тоской.

КНИГИ ИЗДАТЕЛЬСТВА LITSVET
(ФРАГМЕНТЫ)

Таня ТРУНЕВА

Из книги «ВЕТЕР»

Из-во Litsvet, 2025, Canada, ISBN 978-1-779680-76-1

ПОРТ-СУДАН

Порт-Судан встретил группу дайверов пыльным унынием. Город по-африкански грязный, по-арабски обшарпанный, с кучей местного населения, слоняющегося без дела. Но за все эти шероховатости на суше туристов ожидал изумительный подводный коралловый мир Красного моря.

Вера, бросив на палубу яхты дорожную сумку, оглянулась. Вдалеке — бурые мазки выжженной пустыни. У берега под сумрачным небом порт с хилыми кранами, грузившими на суда контейнеры. Нана, открыв дверь каюты, промурлыкала:

— Миленько... Даже роскошно.

Следующий день на яхте прошел великолепно. Бриджит умела организовать и погружения, и общение, ненавязчивое, полезное. Повар-китаец еще раз уточнил у пассажиров их кулинарные предпочтения. Капитан и два матроса управляли судном уверенно и спокойно.

После ужина на палубе дайверов встретило пиршество африканского заката: солнце, будто надкусанный тучами персик, растекалось по волнам розовой мякотью.

Нана, сложившись в позу лотоса, бросала Вере тихие комментарии:

— Мне понравилась Бриджит, подружка Никиты. Деловая... и с людьми умеет.

— Она ему не подружка, — ухмыльнулась Вера, — говорил, знакомая. А ты ревнуешь. Ревнуешь? Это хорошо. Хотя внешне ты на все сто выигрываешь. Нанка, ты ведь у нас красотка, царица Тамара.

— Да уж! — процедила Нана. — Внешность многим мужчинам не важна, другое ищут. Бриджит-то как раз ничего. Ноги у нее, как у модели. А если ты нас сравниваешь, у нее на Никиту шансов больше. И знаешь почему? Нет, не потому что она лет на десять меня младше. Просто эта девушка готова любить, от нее веет страстью. А от меня уже

отвеяло. Но говорят... можно любить двоих, если один мертв.

— Давай-ка пройдемся по завтрашнему дню, а то сидим тут в обнимку, как лесби... Хотя за нас уже все продумали, и подстраховка будет, но надо самим, всегда самим, — Вера сжала локоть подруги. — Что-то тревожно, а если ты оттуда не выберешься?

— По худшему сценарию, останусь в гареме, — тонкие губы Наны скривила грустная улыбка, и мгновенно на лице жестко обозначилась волевая решимость. Она грубо отрезала: — Выбрось это говно — «не выберусь» — из мозгов. Помнишь свой побег из Аргентины, когда все контейнеры проверяли, а я тебя в цирковой ящик спрятала? Ты ведь даже не дрогнула. Раньше мы о страхе или о провале не думали. Мне тренер еще в детстве перед соревнованиями внушала: «Только победа! Стрела, летящая в цель, не отвлекается на пейзаж!»

Ночью яхта стояла на якоре. Сонный порт мигал тусклыми огоньками. Тихий скрип легких шагов матросов, по очереди обходивших палубы, смешивался с глухим постукиванием волн о гладкие борта судна.

На следующий день желающим из группы предложили экскурсии, а любопытные сами отправились в город. Был назначен и час возвращения. Ранним утром Веру с Наной от яхты до берега подвезли на небольшой лодке. Причалив, она скрипнула о мелкую гальку, и резво выпрыгнувший матрос помог девушкам сойти на берег.

Бледные руки лучей солнца распахивали дорогу новому дню. Вдалеке на фоне небесной лазури белели минареты мечетей. Ближе к порту темной полосой теснились приземистые домишки. Тщедушные пальмы жесткими корнями цеплялись за каменистую почву. Возле дороги поднимались струйки пыли и вонь гниющих нечистот — обычный запах нищеты. Худые мулы, запряженные двухколесными телегами, бренчали ржавыми колокольчиками. Большеротые подростки, глумливо кривясь, проводили женщин сальными английскими фразами. Вера резко обернулась и громко влепила им пару слов по-арабски. Парни притихли, отступили. На стоянке томилось несколько раздолбанных такси.

Дребезжа колесами, машина подвезла девушек к базару. Подобрав длинные юбки, они вышли на круглую площадь, покрытую каменными плитами. Оттуда лучами расходились яркие ряды, утыканные, будто пчелиными сотами, магазинами и торговыми лавками. Восточный базар не только место торговли, тут и новости, и сплетни, и место встреч, и к тому же спасающая пучина, в которой можно затеряться, раствориться, спрятаться.

Одетые как местные, поправляя на голове легкие шарфы, Вера с Наной проворно двигались в горланящем потоке продающих и покупающих. Утреннее солнце еще не успело растопить запахи пряностей и покрыть горячим блеском лица, цвета которых здесь, в Судане, разнились от светло-кофейного до угольно-черного.

В предстоящей операции каждая группа исполнителей знала только свои задачи и линию связи. Оглядываясь по сторонам на вывески, девушки искали нужный магазин изделий из кожи. Нана коснулась ладони подруги:

— По описаниям похож на тот, в конце ряда. Зайдем. Парень должен быть из наших, славянской внешности, из тех, кто здесь в наемниках воевал и остался.

Занавеска из крупных бус звякнула, открыв полки, заставленные кожаными сумками и чемоданами. Сутулый араб с улыбкой вышел навстречу.

— Салам, — учтиво поклонилась Вера, вдохнув удушливый запах кожи.

Сквозь решетку полукруглой лестницы, ведущей на второй этаж, мелькнули широкие плечи и крепкая шея:

— Азим, это ко мне!

Мужчина поднялся с узких ступенек, жестом показал следовать за ним. Его покрытое мелкими шрамами лицо приветливо блеснуло короткой улыбкой. В нем не было ничего славянского, плавные дуги бровей, точеные ноздри и миндалевидные глаза скорее выдавали его восточное происхождение.

В крошечной комнате с блеклым ковром на полу ютились низкий столик и пара скамеек. Пустые стены глядели в круглое окно. Мужчина кивнул в его сторону:

— Вас я уже с площади приметил — отсюда хороший обзор, — он пригласил к столу. — Чай,

кофе, вода, печенье. Хозяйничайте. Я Юрий. А это вам, — в его руках блеснули два миниатюрных браунинга и тонкие кинжалы. — Стволы чистые, только на крайний случай. Не успеете вернуть — в воду. И вот что, — он понизил голос, — сегодня с Никитой решим, надо перестроиться. Не у Омара Зейдана девушка. По новым сведениям, он ее продал другому хозяину. А у того, Данияла Салиха, резиденции и здесь, и в Хартуме. В каком из домов балерина — не понятно. Так что план с подменой балерины на ту из вас, которая циркачка, чтобы потом она через крышу могла сбежать, у нового хозяина не сработает. Там с охраной круто. Пока, — он пожал плечами, — пробить кое-что надо.

Юрий глянул на Нану:

— А циркачка... вроде ты? И как я знаю, по-птичьи свистеть умеешь.

Нана кивнула.

— А вот так? Повторяй за мной. Первый звук — дневная птица, второй — ночная. Иногда это лучшая связь.

Вера с интересом следила, как из сложенных в трубочку губ Юрия и Наны вырывались птичьи трели. Когда Юрий одобрительно кивнул, она спросила:

— А кто этот Салих?

— Местный мафиози, меценат, любитель искусства, — Юрий презрительно хмыкнул. — Жен у него только три, по здешним меркам немного. Но он увлекается наложницами творческими. Несколько лет назад к нему попала девушка, похищенная в Болгарии. Художница. Ей тогда восемнадцать было, три года она у него жила. Он ее не трогал, а лишь просил картины писать. Из посольства приходили, уговаривали Салиха вернуть девушку родителям, даже выкуп предлагали, но напрасно. Потом он с той художницей несколько месяцев как с женой жил и, наконец, отправил в Болгарию, правда с деньгами. Вот вам одна из сказок... Шахерезады. Ну, лады. — Юрий поднялся, смерив взглядом ранних гостей, кивнул: — Декор нормальный, на местных теток похожи. Мой сотовый и сателлитный знаете. Ждите указаний.

— Вижу, сегодня облом, — буркнула Вера, выходя из магазина. — Делать в городе нечего, едем в порт и на яхту. Позвоним Бриджит, чтоб лодку прислали.

Она огляделась и, заметив профиль облезлого такси, зычно крикнула водителю.

— Откуда у тебя такой... арабский? — Нана плюхнулась на потертое сиденье машины.

— Арабский? — Вера грустно улыбнулась. — Ты еще всех моих приключений не знаешь. В нашей банде, в Рио, было сорок восемь человек, из них шесть женщин. Главный, Фарук, родом из Сирии, спал с нами по очереди. Так что в гареме я уже пожила два года, пока Фарук не погиб в перестрелке с полицией, — Вера печально глядела на маячившее вдали море. Слова девушки дробились рокотом старого мотора такси, а голос растекался по влажным губам. — Фарук меня и арабскому научил. Он был красавцем и шикарным любовником. С ним я поняла, что можно любить и только телом. Как ты говорила, любить двоих, если один... — она стиснула зубы.

26. БАХЧИСАРАЙСКИЙ ФОНТАН

Бриджит в ярком купальнике, взлохмачивая рукой мокрые волосы, беседовала с капитаном. Она предложила Нане с Верой напитки и с энтузиазмом рассказала, как прошли два погружения для тех, кто остался на яхте.

Когда Нана вернулась в каюту, Вера с интересом посмотрела видеозаписи и фото морских глубин. Потом они с Бриджит, потягивая фруктовый коктейль из высоких бокалов, беседовали о путешествиях.

По легенде, построенной для операции «Балерина», Вера с Наной занимались продвижением на рынок электроники, разработанной в компании Никиты. По-шпионски правдиво Вера рассказывала Бриджит о деловых поездках в Бразилию, Панаму и Аргентину.

Болтая о влиятельных и сильных мужчинах, она невзначай упомянула, что слышала скандальную историю о болгарской художнице, попавшей в гарем Данияла Салиха. От пронзительных глаз Веры трудно было спрятать легкое напряжение, пробежавшее по загорелому лицу Бриджит. Жадно втянув остатки коктейля, хозяйка тура призналась, что знакома с Салихом.

Даниял окончил Оксфорд, и когда-то, лет десять назад, они встретились в Англии на благотворительном вечере. Дани, так его звали в Англии, любил высшее общество и тусовки с отпрысками графских семейств, к одному из которых и принадлежала Бриджит.

Легкая улыбка спряталась в уголках губ Бриджит, когда она вспомнила свой первый разговор с Дани на арабском. Она, в ту пору еще студентка, намекнула пылкому брюнету, что интересуется восточной культурой. Их беседы, сдобренные мудрыми стихами Омара Хайяма, будоражили таинственностью. Только через несколько лет Бриджит рассказала Даниялу о своем пари с отцом об изучении арабского. Дани был для Бриджит лишь полезным собеседником, чтобы улучшить разговорную практику. Он же видел в амбициозной девушке неведомую силу женского характера. С ухмылкой рассказывая о средневековых традициях

жен гарема ползти на четвереньках от входа спальни к кровати хозяина, Дани вдруг поймал себя на желании так же упасть к ногам этой англичанки.

В ее взгляде он замечал тщательно скрываемое графское высокомерие; в нем жили благородство Британии, снизошедшей до колониальных провинций, и бури крестовых походов. И когда Бриджит все же уступила его изощренной настойчивости, той ночью Дани желал ее как ни одну из своих женщин.

Скользя взглядом по танцующим вокруг яхты складкам волн, Бриджит что-то обдумывала. И наконец, достав мобильник, заметила:

— Не знаю о его романах и о болгарской художнице, но Дани обаятельный парень и помог мне в этой стране... Между прочим, я его хотела на яхту пригласить, если он не в отъезде. Сейчас позвоню.

Она набрала номер и сладко промурлыкала по-арабски. Вера прислушалась, поражаясь ее уверенному тембру и тонкому юмору. Внутри отозвалось: «А она нашего замеса, такую просто не возьмешь».

— Приедет. Как раз к ужину, — вставая с шезлонга, бросила Бриджит. — Пойду скажу повару.

На просторной корме Нана показывала участникам тура разные асаны йоги. Она, как змея, переползала из одной закрученной позы в другую, такую же сложную.

Вера неуловимым жестом показала Нане, что надо поговорить, и, отведя подругу от любопытных глаз, прошипела в ей ухо:

— Пока ты тут на ушах стоишь, я с Бриджит про Салиха невзначай поговорила. Так вот, она его знает. И не просто. Возможно, что-то между ними было. И скоро он появится здесь, на яхте. Надо позвонить нашим.

Сиреневый горизонт моря плескался в изломах тонущих вечерних лучей. Обитатели яхты под шелест разговоров устроились за сервированным столом. Крупный американец рассказывал про поездку в Китай. Потом итальянец и англичанин обсуждали качества вин, а женщины болтали про купленные на рынке сувениры. После шуток и базарных впечатлений все опять вернулись к обсуждению подводного мира.

Повар вынес овальное блюдо с овощным салатом. Матросы принесли закуски. Огромные креветки в чесночном соусе манили торчащими хвостами. С камбуза, заглушая морской бриз, доносились дразнящие запахи запеченной рыбы и стейков. Рокот беседы утих, когда в столовую вошла Бриджит в сопровождении невысокого мужчины. Одетый в легкие шорты и тонкую рубашку, отлично сидевшую на его худощавой фигуре, гость выглядел по-европейски стильно. Бриджит громко представила Дани, назвав его своим хорошим знакомым. Прижав холеную руку к груди, Салих поднял тост и пожелал всем отличного времени под солнцем Судана. Заметив, что он поддерживает местные таланты и большой поклонник искусства, Дани заявил, что у него есть подарок для всей группы.

Вскоре борта яхты гулко коснулась лодка. Послышались тяжелые шаги, и в столовую вошли два чернокожих гитариста. Лицо Бриджит довольно зарделось, она поблагодарила гостя за неожиданный музыкальный вечер.

Гитаристы играли хорошо и поп-музыку, и классику. Разомлевшие от обильной пищи туристы почти не танцевали, лишь две супружеские пары медленно двигались под звуки блюза.

Выйдя на палубу, Вера заметила на корме сидящих в плетеных креслах и увлеченно болтающих Бриджит и Дани. За ними, облокотившись на гладкие перила яхты, будто два эбонитовых столба, стояли высокие мулаты, охранники Салиха. Вера, поправляя прическу, кивнула Нане, мгновенно понявшей этот жест. Вера знала, что сейчас Нана повредит провод усилителя, и музыка, захлебнувшись, остановится. Тогда Вера подойдет к беседующим, чтобы доложить о поломке. Этот трюк давал возможность приблизиться и начать разговор с Даниялом.

Узнав о проблеме с музыкой, Бриджит поспешила найти матросов, а Вера осталась рядом с Салихом.

Дани, взглянув на очаровательную женщину в красном платье, жестом предложил присесть. Заговорил по-английски — Вера ответила по-арабски. Цепкий взгляд Салиха резанул по ее точеным скулам и обнаженным рукам, оливковым, гладким. Он хохотнул:

— Отличный арабский. Удивила! Мы как раз с Бриджит вспоминали мои студенческие годы в Англии. Тогда модно было пари заключать, кто кого находчивее удивит. Я и гитаристов для этого привез, чтобы поразить. Теперь очередь Бриджит.

— Я смогу удивить. Мы ведь с ней одна команда, — задорно бросила Вера, — если она, конечно, не против.

— И чем же? — губы Дани приоткрылись, и глаза сверкнули любопытством.

Бриджит, позвав всех на палубу, объявила об ответном сюрпризе дорогому гостю. Бренча льдом в стаканах с напитками, компания полукругом обступила импровизированную сцену. У левого борта рядом с охранником, словно в первом ряду партера, поигрывая четками, сидел Дани.

Вера вышла в центр приготовленного для выступления пространства. Она подняла выгнутые аркой руки и, откинув назад голову, застыла тугой струной. Вечерний бриз колыхал ее длинную, об-

нимающую бедра юбку, а складки короткой блузки открывали соблазнительную линию гибкого тела. Из динамика поплыло дыхание флейты и лютни, Вера начала танец, плавными движениями разрезая патоку южной ночи.

Нана, пританцовывая рядом со зрителями, следила за Дани. Его бесстрастное лицо напряглось, и длинные пальцы впились в браслет дорогих часов. Взгляд немигающих рептилоидных глаз Дани, удивительно светлых на смуглом лице, пожирал тело танцовщицы. Когда музыка затихла и грохнули аплодисменты, он встал и галантно поцеловал Вере руку:

— Благодарю! Следующий сюрприз за мной.

Вера в каюте стирала с лица макияж и услышала тихий стук. В двери, блеснув синевой, показались глаза Бриджит. Она шепнула:

— Дани нас к себе приглашает. Только тебя и меня. Тут недалеко. Хочет удивить. Ну отыграться, что ли.

— Сейчас? Уже полдвенадцатого, — удивилась Вера и тут же, словно опомнившись, продолжала: — Да, поедем. Попроси, чтобы и моя подруга с нами. Мы ведь с ней... Понимаешь?

Она рванула на палубу и, сжав руку Наны, увлекла ее в каюту:

— Едем к Дани. Бриджит сказала, телефоны не брать. И охранники металлоискателями проверяют. Я ей намекнула, что мы с тобой «пара»... что ли. Так надежнее.

— Ясно, — бросила Нана. — Сейчас нашим позвоню. Идем с голыми руками. Но хоть ситуацию выясним!

— Не с голыми руками, — ухмыльнулась Вера, указав на пластмассовые заколки для волос.

Она лихо скрутила свою густую копну, заколов длинными шпильками, и процедила:

— На конце каждой — ампула. Не убьет, но на время отключит. Давай-ка присядем... на дорожку.

Так Вера называла их позу перед выходом на задание — замереть на несколько минут, сидя спина к спине, и мысленно просчитать все варианты. Такая идеомоторная тренировка, практикуемая в спецгруппах, помогает рассчитать силы, а порой и дыхание в любых ситуациях.

Темные джипы BMW, слившись со мглой, неслись по пустынной каменистой дороге, мрачной и безлюдной. Минут через двадцать на горизонте вспыхнуло зарево, все ярче проявлявшееся на фоне угольной черноты. Пылающий иллюминацией оазис, тяжело заскрипев стальными дверями, впустил прибывших. Сквозь шуршащие на ветру стебли олеандров и листья пальм, хрустально блестя лампами из восточной сказки, на гостей взирали стены трехэтажного особняка.

Нана шепнула Вере:

— Как мне и говорили, все трубы — вода, канализация — у них не внутри, а снаружи на стенах крепятся. А камер-то понатыкано! Я уже шесть вижу.

Она выругалась, отпустив одно из крепких грузинских выражений. И тут же насторожилась: в ночном шорохе будто раздался сдавленный плач ребенка. Это крик ночной птицы козодой, о которой говорил Юрий. Звук повторился трижды, хотя в природе птица кричит подряд лишь два раза. А значит, Юрий где-то недалеко и может отозваться.

Бриджит остановилась перед входом в дом и равнодушно огляделась. Жеманно сдерживая зевок, она протянула:

— Дани, все как пару лет назад. Чем удивлять будешь?

Пригладив курчавые с легкой сединой волосы, хозяин ответил:

— Покажу вам Бахчисарайский фонтан.

— Ты новый фонтан построил?

— Это балет, Бри. Называется «Бахчисарайский фонтан». Вы сейчас его здесь у меня увидите! — Дани вздрогнул от удовольствия, поймав изумление в глазах Бриджит, и жестом пригласил гостей в дом.

Юрий АБРОСИМОВ

Из книги «СКАЗЫ ГОРОДА ПИЗДЕЦКА»

Из-во Litsvet, 2025, Canada, ISBN 978-1779680-36-5

ПЕРЕРЫВ ВИТИЙКИНА

НИИ изучения полусферических недоразумений города Пиздецка различим каждому местному жителю, где бы он ни вздумал замереть столбиком, подражая мелкому степному зверьку. Величественное здание зыбуче песочного цвета вздымается на холме, а венчает его антенна в виде указующего на небо перста. Любой институтский служащий догадывается, что прийти на работу и оказаться на ней — вещи разные, вплоть до взаимоисключительности, поскольку служащему надобно, миновав вертлявую, охраняемую ВОХРанником дверь, подняться еще на лифте до нужного себе этажа, и вот тут-то иные чувствительные особы, к числу коих относился Никодим Вельяминович Витийкин, каждодневно испытывали внутреннюю бурю эмоций, чью основу составляли ненависть, презрение, уныние и гадливость.

Живые люди портятся не так быстро, как мертвые, но все-таки они портятся. Никодим Вельяминович понимал сие вполне благополучно. Другое возбуждало его скорбь. «Зачем, — думал он, — нужны те, кто испорчен заведомо, кто даже в силу своего плоского добронравия всю жизнь, от начала до конца, манкирует божиим замыслом? Зачем нужны те, кто едет со мной в лифте? На что они годятся? К чему они?»

А обширный лифт здешний, надобно вам сказать, имел склонность подниматься на высоту о двадцати четырех этажах; причем, двигался степенно, выдерживая многозначительные паузы перед каждым шевелением дверями, чем окончательно бесил несчастного Витийкина. Никодим Вельяминович уподобился служить на самом последнем этаже института, поэтому к абсолютному большинству коллег у него сложилась вполне обоснованная претензия. Он никому не отравлял жизнь хождением по этажам, тогда как прочие вменяли себе в обязанность непременно использовать случай, да и зайти в лифт этаже так на третьем, чтобы потом совершенно бессмысленно проехать на седьмой. А там, на седьмом, кто-нибудь, всунув радужную рожу промеж дверей, конечно, интересовался: «Ой! А это вы вниз едете?», обязательно начиная с «ой!» и злостно игнорируя факт движения лифта в противуположную сторону.

— Нет! Нет! — оживленно принимались чирикать пассажиры, колыхаясь и тесня друг друга. — Нет! Нет! Мы вверх едем! Вверх!

— А… — говорила рожа и запрыгивала в кабину. — Ну, так я с вами все равно поеду. У меня и там тоже… дела.

«Царица небесная! — почти рыдая, думал в такой момент Никодим Вельяминович, оглядывая рожи вокруг себя. — Какие здесь могут быть у них дела?!» И правда ведь. Чтобы погрузиться в отчаяние безвозвратно, достаточно окинуть беглым взором этот насекомый сброд. Какие-то тетушки с желтыми бумажками в руках, источающие вечно духоподъемный запах духов. Одеколонные дяденьки в кургузых пиджачках, с папочками. Серость и добродушная мгла.

А их разговоры! Первую секунду, обычно, лифт движется в безмолвии, пока кто-нибудь из тетушек не обратится к стоящему рядом дяденьке, потряхая бумажкой:

— Так и не подписал он мне…

Тот, нимало не смущаясь, вытягивает ухо, забитое пучком седых волос.

— Не подписал, да?

И после короткого молчания реагирует снова:

— А раньше подписывал?

Тетушка выказывает опешение:

— Так я же ему давала!

Все свидетели разговора, едущие в лифте, понимают, что речь идет исключительно о документах чрезвычайной важности. Один только Витийкин — без пяти минут человекоубийца.

Натурою Никодим Вельяминович вышел эксклюзивной, с положительными начатками гениальности, в чем сам не стеснялся признаваться. И жена его, между прочим, постоянно на него фикала: «Тоже мне, гений нашелся»! Признавала, значит, гордая баба.

Однако при всем видимом благообразии личностного бытия жизнь Витийкина не баловала, а как раз обратно — выматывала у него всю душу, дразнила несбыточными призраками миражей, третировала досадами, роняла плашмя оземь без всякой соломки и медленно, тщательно глумилась. Одна работа чего стоила! Один только лифт!..

Казалось бы, самые насущные нужды и благостные потребности человеческие — например, периодически возникающее стремление хорошо покушать — превращались, как чувствовал Никодим Вельяминович, в настоящее преступление против этой пресловутой человечности, хотя саму фразу об том он никогда не любил, подозревая в ней некую фальшь. Иногда, при особой благорасположенности внутренних флюидов, откушать удавалось знатно, то бишь без душевных расстройств и надрыва. Но иногда сам диавол, казалось, брался вершить судьбу нашего героя, дабы лишний раз упрочить свое конечное могущество и подвергнуть смертельной опасности еще более конечное земное существование выбранной им жертвы.

В роковой для себя день Никодим Вельяминович традиционно поднялся на лифте к месту работы, на двадцать четвертый этаж НИИ, по обыкновению прокляв все. Дальнейшие действия Никодима Вельяминовича также характеризовали редкостное обыкновение, вкупе с традиционализмом. Он вынужденно поздоровался с рядом сотрудников, имеющих, надо полагать, сомнительную честь для себя и вполне определенное горе

для Витийкина работать с ним на одном этаже, а значит попадаться ему на глаза ежедневно. Затем он включил электронно-вычислительную машину, чтобы в течение примерно одного часа с четвертью проделать ряд установленных незнамо кем, когда и с какой целью операций, суммарное значение которых колебалось от почти бессмысленного до откровенно бесполезного. Пока машина гундела электронною начинкою, Витийкин просматривал свежую на вид прессу, повествующую о вещах столь же тухлых, сколь и противопоказанных любому нормальному читателю. Иногда звонил телефон; домогающийся абонент узнавал, что попал не туда, и отключался. Через минуту звонок звучал снова, через две минуты повторялся опять — всего раза четыре. Такое происходило регулярно, являясь частью работы в общепринятом понимании. С точки зрения вышестоящего руководства прилежный, тем более ценный сотрудник выглядит именно шуршащим газетами, супротив гундящей электронно-вычислительной (реже счетно-аналитической) машины, периодически снимающим телефонную трубку, дабы с полагающейся строгостью ответствовать в нее:

— Нет! Ведь я же вам сказала! И больше не звоните сюда!

Ценный сотрудник мог перманентно курить в специально отведенном для того месте, уединяться в туалете на длительное время, изучать каноны визуального разврата, протяжно смеяться над несмешными вещами. В общем, многое чего мог, но при одном условии! Если он всегда, при любых внезапных инспекциях со стороны начальства, рьяность которого порой была достойна лучшего применения, аргументировано давал понять: он загружен делами настолько, что работать хоть со сколь-нибудь видимыми результатами не в состоянии, причем, уже очень давно.

Мы не в силах прямо доказать тлетворность подобного подхода к труду, ведь у вышестоящего начальства есть слабости аналогичного свойства. Кроме того, наличествует подозрение, что чем выше забираться, тем более чудовищными и очевидными окажутся всем известные слабости. Вопрос «чем они там занимаются на самом верху?» не нами поставлен, и, наверное, не нам получать на него ответ. К сожалению. При различных же сокрушениях, мы знаем: всегда лучше дождаться времени обеда.

Оно близилось. В сотый раз сверив зреющее нетерпение с показаниями кабинетных часов, Никодим Вельяминович принимался затем через окно тоскливо озирать стелющуюся далеко внизу дымку серого цвета. Городской вид, пропущенный сквозь немытое веками оконное стекло, придавал законченность мыслям о необходимости революционных потрясений, а также непременной гибели во имя торжества гротеска, — гибели ужасной, но обязательно безболезненной.

Наконец циферблат показал час дня. Собравшись с духом, Никодим Вельяминович вышел на общую площадку этажа, где находилась дверь лифта, две туалетные двери, штук восемь других дверей непонятного назначения с совершенно никчемными за ними людьми. На площадке всегда витал идиосинкразически обусловленный запах пищи. Впрочем, к запаху Витийкин давно привык, воспринимая его как давно просроченное искушение.

Столовая — она же кафе, иногда бар, а для некоторых ресторан — располагалась в соседнем здании, которое с институтом соединял крытый переход на уровне второго этажа, заполненный уродливыми лианистыми деревьями в кадках. Количество людей в очереди за едой постоянно варьировалось, хотя по опыту Витийкин знал: одного ли посетителя, пятнадцать ли — здесь обслуживают примерно равное количество времени. Столовая являлась тем сакральным местом, где Ахиллес никогда не догонял черепаху, но кушать регулярно хотелось, поэтому приходилось терпеть.

Сегодня очередь составляли две дамы — давно располневшие, подозрительно замужние, по определению тупые и считающие себя проголодавшимися. В непосредственной близости от них за одним из столиков сидели с пивом два хмыря (такие иногда заводились тут). Они сидели, судя по всему, со вчерашнего вечера, подрастратив понятия времени и пространства, но речь их сохранила относительную связность, некоторую даже импозантность, насколько это вообще возможно для недостающего звена между личностью и просто тварным существом.

— А меня никогда не остановят!.. — говорил один из хмырей, покачиваясь.

— Да?.. — с сомнением вглядывался в него компаньон.

— Нет... — подтверждал тот. — Не... остановят.

— Ты ж... черный, — настаивал его коллега. — Весь... Остановят.

— А я... секрет один знаю. Я... с книжкой иду. С книжкой черных не останавливают. А черный... что ж. Грязька-калюжка. Я смою ее, — и он сделал большой глоток пива.

— Подзаподнулевка, — кивнул головой его приятель, допивая из своего стакана.

Никодим Вельяминович Витийкин не хотел ни смотреть на них, ни прислушиваться к скверным их разговорам, но все, что довелось ему по обстоятельствам сейчас воспринимать, притягивало и завораживало его, как завораживает и притягива-

ет нас гадость, имеющая в дальних родственниках элемент божественного. Уж он давно размозжил их мерзкие хари об стол, и сокрушил бутылки об их головы, и попрыгал по животам, чтоб пиво их вонючее изверглось ко всеобщему стыду и раскаянию, а все ж таки мысленно, всего лишь мысленно происходили эти экзекуции у Никодима Вельяминовича, и не было ни малейшего шанса у него хоть что-нибудь изменить или поправить в окружающей действительности, убивающей его тщетою, уничтожающей суетой, глумящейся над ним беспрестанно.

Судорожно передохнув, Никодим Вельяминович посмотрел впереди себя, пытаясь понять, что там происходит в очереди. Одна из вышеупомянутых тетушек успела нагрузить поднос котлетками, марципанами, жирным бараньим боком, залитым густой подливою, салатиками такими и сякими (дабы уважить мечту о похудении), какими-то соками, какими-то чайками с вафельками, после чего размеренно отплыла в зал, бросив через плечо своей товарке:

— Что-то сегодня и аппетита прямо нет...

Никодим Вельяминович передохнул вторично — так же, с судорогой, — и воззрился на единственное одушевленное тело, вставшее на его пути к обеду.

Мадама сравнительно необъятных форм, покрытая зеленым платьем с брошью, думая, что она вытягивает давно исчезнувшую в туловище шею, нависла плоским лицом над лотками с яствами.

— А это что это? — спрашивала она у замызганной девочки на раздаче, осторожно тыкая коротким до убогости указательным пальцем в коричневую субстанцию.

— Бефстроганов, — отвечала девочка.

— А с чем он?

— Где?

— Вот. Тут вот.

— А... Это соус такой. Пикантный.

— Свежий?

— Сегодня только приготовили.

— Нет, — говорила тетушка, убирая пальчик. — Не буду.

«Йоп твою мать!!!» — неожиданно взорвалось внутри у Никодима Вельяминовича.

Позднее в официальном заявлении городских властей, адресованном жителям Пиздецка, действия гражданина Витийкина в институтской столовой назовут «вышедшими за рамки правового поля» и «нуждающимися в особой оценке экспертного сообщества», но, по сути, реакция нашего героя легко прогнозируема; и кто знает — ходи промеж нас больше людей с положительными начатками гениальности, какая бы нарисовалась статистика инцидентов, подобных тому, о котором мы ведем сейчас речь?! Сколь часто, на самом деле, малозначительные роковые детали, видимые нам, бывают поняты неправильно или вообще пропущены мимо интуиции, а вот потом — когда гром гра-ахнет и разверзнутся хляби — все становится очевидным до провокативности, и побуждает нас хвататься за голову, и бьется пуще, чем пепел Клааса. Но — поздно! Среда заела, съела и покрыла место действия густым смрадом отрыжки.

Пир духа у дуэта с пивом, похоже, завершался клинической стадией. Хмыри восседали чинно, изредка пробрасывая друг другу отдельные таинственные термины. Один, например, тихо говорил:

— Шитька… шитек…

Другой откликался так, будто получал контейнер со шпионским инвентарем:

— Цаца-параноид… — и добродушно подмигивал, — крем-брюле…

— Форш… — сомневался первый.

— А мне много и не надо! — разводил руками второй. — Сыр, масло, коровьи яйца!..

— И, — закрывал тему первый. — И.

Тетушка, которой предстояло перевернуть жизнь Никодима Вельяминовича, все еще застила ее, продолжая осведомляться и пуская в ход короткий пальчик:

— А скажите, а эти щи, они очень кислые? А то мне кислого нельзя.

— Суточные, — терпеливо объясняла замызганная девочка.

— Да? Суточные?.. Не знаю, взять, что ли… Ну, положите чуть-чуть. Я много не буду… А чтой-то у вас фондю давно нет?

— Не делаем мы теперь фондю. Плохо брали.

— Да как же это?! Плохо брали… Я всегда брала!.. А чего здесь, в лоточке?

— Сырники.

— Сырники?.. Взять, что ли?.. Они у вас с курагой?

— С курагой, с изюмом.

— Ну, тогда я два возьму. Хотя… Нет, два! Только… ой-ой, нет, этот не надо. Он подгорелый какой-то. Нет, подождите… Переверните вот этот… какой-то он… А рядом с ним? Нет, нет, вон тот…

— Хорошие…

— Хороший, да?.. Ну, кладите… что ж теперь делать…

— И этот тоже?

— И этот… Сметаны тоже… Пировать уж, так пировать. Значит… Ой, чтой-то я салат-то не взяла. Мать честная! Ведь думала же!.. Так, какие тут у нас?..

— Сырный есть, витаминный, со свежими овощами. Еще фруктовый.

— Ой, а вы видели, на прошлой неделе по телевизору показывали, как ее?.. Ну, передачу, ведет

ее еще такой, с усиками… Говорил, что неправильно так салат делать. Надо кожицу с апельсина снимать.

— Снимаем мы…

— Да не ту! Не кожуру, а кожицу. Которая, вот, прямо с долек.

— Вы брать будете?

— Конечно! Конечно!.. Порции у вас какие-то маленькие.

— Возьмите две.

— Две советуете, да?.. А не много?

— А вы в одну тарелку положите.

— В одну. Правильно. Я сама и не додумалась. Молодец! Что значит, голова молодая. А тут к обеду уже так забегаешся, себя не помнишь… Ага, теперь гарнир. Что у нас здесь?

— Гречка, рис, картошка молодая.

— Молодая? Это почем же?

— Я не знаю. Там, сзади вас, меню висит.

Тетушка обернулась к меню, по-прежнему не замечая смертельной для себя опасности.

— Так, меню-у… меню-у… Так оно у вас за вчерашнее число!

— За вчерашнее разве?

— Ну да!.. Сегодня какое у нас, пятнадцатое?

— Четырнадцатое сегодня.

— Ах, да-а! Четы-ырнадцатое! Я-то что!.. Четырнадцатое, конечно. Это я с прошлым месяцем перепутала… Так, и где здесь?..

— Ниже. Ниже смотрите. Там, где зачеркнуто.

— Не вижу… Ах, вот это что ль?! Двадцать восемь. Картошка?! Двадцать восемь?!

— Молодая.

— Нет, ну, понятно, что молодая… Двадцать восемь…

— Брать будете? Люди ждут…

— Нет, беру, беру! Конечно… Ой, только масло много не ложите. Мне жирного нельзя.

Если бы только она повернула голову! Если бы смогла хоть на секунду переключить внимание, оторвавшись от еды, и посмотреть в глаза человеку, стоящему за ней в очереди! Ведь можно, наверное, можно было бы все остановить, предупредить как-то, удержать… Но — нет. Чему суждено произойти, то стрясется.

Тетушка продолжала думать над выбором обеденных блюд.

— Скажите, это у вас какая рыба?

— Треска.

— Да?.. А камбалы нет? Треска костлявая очень.

— У нас филе трески.

— Знаю, что филе. Да в ней тоже кости попадают. Я вон, помню, тогда брала в магазине трясковое филе. Мужу косточка попалась и воткнулась в язык. «Скорую» пришлось вызывать. Глубоко воткнулась. Я с тех пор и сама боюсь.

— Не нравятся кости — не берите. Что я могу?..

— А я вас ни в чем не обвиняю, девушка. Что вы мне грубите? Не надо мне грубить. Я и сама могу… А чай у вас свежий?

— В пакетиках.

— Или лучше кофе взять?.. Давайте лучше кофе. Он у вас какой?

— В пакетиках.

— Это с сахаром который?

— Да.

— Нет, мне с сахаром нельзя. А простого нет?

— Там сахара мало. Нет почти. Он не сладкий.

— Да?.. А булочки есть у вас?

— Ватрушки.

— А где они? Я что-то не вижу…

— Закончились. Сейчас еще принесут.

— А-а… Ну, вы пока положите мне на тарелочку еще…

— Что вам?..

— Подождите, я думаю…

Стоявшие в хвосте длинной очереди, увидели, как в самом начале ее что-то вдруг взметнулось, кто-то там взвизгнул, полетели брызги, ошметки пищи, девочку на раздаче отбросило в сторону, а над головами присутствующих просвистела незнамо кем брошенная кастрюля с компотом.

— Женщину задавили!!! — вырвался чей-то вопль, а за ним еще один: — Не давайте ему! Держите!

Пивные хмыри решили, что пришло их время, вскочили на ноги, но хмель оказался сильнее; невнятно захрапев, хмыри смогли только обрушиться в самую гущу свалки, произведя невиданное смятение.

Один из посетителей столовой (это был Витийкин) в приступе тяжелейшей ярости, которая копилась в нем, возможно, с самого рождения, дал наконец себе волю и стал на практике претворять наиболее фантастические планы мести, окончательного возмездия для всех и каждого. Первое движение, каким он умудрился согнуть пополам незыблемую тушу тетушки в зеленом платье и макнуть ее физиономию в столь тщательно собираемый обед, распёрло грудь Никодима Вельяминовича феерическим восторгом, ликованием и счастьем. Последний отблеск вменяемого сознания, который он запомнил, стоя в очереди, когда уже пустил в ход руки, сводился к великому потрясению: «Неужели началось?! Неужто я могу?! Неужто право имею?!» А потом уж он ничего не думал, не оценивал, и все окружающее — с долгожданной легкостью чинимый хаос и переворот — воспринимал как нечто стороннее, не относящееся лично к нему, но имеющее лично до него огромное дело, совершенную значимость, как какое-то программное по силе и вдохновенности произведение

искусства, долженствующее перевернуть душу у зрителя, заставив его по-другому посмотреть на себя и на смысл собственной жизни.

Расталкивая людей вокруг, опрокидывая стопки подносов, круша тарелки и стаканы, Никодим Вельяминович обогнул стойку раздачи, устремившись на кухню. Повара обомлели, когда увидели лицо ворвавшегося к ним человека, багровые пятна на этом лице, дико вращающиеся глаза, всклокоченные волосы, облитый чем-то жирным, разорванный в разных местах костюм.

— Яду мне!!! Яду!!! — заорал Витийкин.

По идее, ему бы надо было схватиться за могучий разделочный нож, но простого крика оказалось достаточно, чтобы произвести должный эффект. Кто-то попрятался в морозильные шкафы, посудомойка нырнула под стол, один лишь перекошенный от страха поваренок-стажер быстро раскопал в кладовке, в мусорных мешках, коробочку с крысиной отравой, каковую и сунул ворвавшемуся безумцу.

Витийкин, схватив коробочку, устремился с ней обратно, в зал столовой. Он принялся черпать сухой порошок яда и осыпать им приготовленную на раздаче еду.

— Жрите, бляди!!! Сволочи!!! Жрите!!! — вопил Никодим Вельяминович, заражая смертью подливы и бульоны, соки и воды.

Никто не решался приблизиться к нему. Десятки людей жались к стенам, по периметру зала, затравленно наблюдая за последствиями вспыхнувшего кризиса. Столовая превращалась в арену буйства, напоминая съемочную площадку какого-то грандиозного фильма-катастрофы — про то, как, например, комета сталкивается с Кинг-Конгом на фоне девятого вала сразу нескольких землетрясений.

Конечно, долго так продолжаться не могло. Стерев в порошок все, что попалось под руку, и бросив его вслед за ядом в поварские кастрюли, Никодим Вельяминович покинул арену. Прямо по лестнице, не дожидаясь лифта, он бросился к своему рабочему месту, не отдавая себе отчета в том, что надлежит теперь предпринять, к чему готовиться его сослуживцам. Почти на всех лестничных площадках курили разомлевшие от трудовых натуг сотрудники института; они с изумлением видели странного до неузнаваемости человека, который стремительно несся вверх, никого и ничего как будто не замечая, словно там, наверху, или, скорее, внизу, откуда он бежал, происходило страшное, самое что ни на есть ужасное, противное натуре любого человека. Однако Витийкин так быстро перебегал с этажа на этаж, что ни вид его, ни стремительность, ни хриплое дыхание, ни бешеный блеск в глазах не смогли увлечь очевидцев за собой. Никодим Вельяминович даже в самый критический момент своей жизни оставался фатально одиноким.

Чем выше он поднимался, тем большее просветление ощущал в голове, ярость улетучивалась. В холл двадцать четвертого этажа он вышел совершенно спокойным и остановился в нерешительности.

«А дальше что? — подумалось Никодиму Вельяминовичу. — Нынче же все напрасно… Больше никогда… не буду…»

И вдруг озарение — радостное, словно первый летний дождь в детстве, — посетило его.

— Я пойду домой… — тихо сказал Никодим Вельяминович.

И так это просто, правильно и счастливо показалось ему. Что вот прямо можно взять и отправиться домой, в свою квартиру, не дожидаясь окончания рабочего дня, ни у кого не отпрашиваясь, отвергнуть все, избавить себя от всего, отринуть вериги, освободиться, принять в кои-то веки ясное, ответственное решение. Что можно выйти наружу самостоятельным человеком, распоряжающимся личным достоинством, как и должно, значит, всегда поступать. Всегда! А ведь сколько времени упущено! Прошли годы — без цели и отрады, без видимых достижений. Особенности в одном меняли обязанности в другом, клетка спирала дух. Махоньким зверьком себя чувствовал Витийкин, тщедушной личинкой; да и как чувствовал! — подспудно, со страхом, во сне, боясь признаться, в бо-

язни от возможного разоблачения. Но… нет… не сейчас. Не сегодня. Сегодня уж — все!

Прозвенел звонок, возвещающий прибытие лифта на этаж.

«Теперь уж кончено!.. Довольно вам мучить меня…» — мечтал Никодим Вельяминович, закрыв счастливо глаза.

Он услышал, что открылись двери лифта, и шагнул в них, продолжая улыбаться от радости, которая кипела в нем…

Лучшие научные умы долго потом бились, силясь понять, как так могло получиться, что двери благонадежнейшего лифта, в некотором смысле гордости передовых конструкторов, открылись на последнем этаже здания в то время, когда кабина его стояла на первом. На многие годы НИИ полусферических недоразумений обеспечил себя материалом для профильной работы. В кулуарах Витийкина Н.В. даже называли иногда мучеником науки, а в центральном фойе со временем установили в честь него мемориальную доску. Правда, события того же дня, которые предшествовали casus liftus, делали фигуру нашего героя слишком неоднозначной. Фамилию с инициалами на памятной доске пришлось изменить, и фотографию прикрепили совсем другого человека, — а так всем распорядились соответственно. Трудно сказать, как бы отнесся к таким почестям сам Никодим Вельяминович, но в том, что последние мгновения жизни в корне изменили его отношение к ней, сомневаться не приходится.

Алена ЖУКОВА

Из книги
«СТАРЫЕ И НОВЫЕ ПРИКЛЮЧЕНИЯ СТРАШНОЙ МАШИ»

Из-во Litsvet, 2024, Canada, ISBN 978-1779680-40-2

ГЛАВА ДВАДЦАТЬ ПЕРВАЯ

Подслушивать нехорошо, но когда проходишь мимо открытой двери, за которой громко обсуждают будущее близкого человека, удержаться невозможно. Есть вариант закрыть уши и пойти дальше, но Маша остановилась как вкопанная — Валентина и доктор Аркадий Семенович говорили о маме. Три месяца назад с мамой случилось страшное: она пережила психический срыв, чуть не убила Машу и сама едва не погибла. До сих пор ее держат в больнице, но с каждым днем ей лучше: всех узнает, счастлива, что беременна.

Маша топталась в нерешительности у порога кухни в раздумьях, стоит ли зайти, прервав разговор, или дослушать. Второе победило. Маша прислушалась и поняла, что доктор и Валентина спорят стоит ли Наташе рожать. Валентина напирала на финансовую сторону дела:

— Это ж на какие деньги она будет жить? Что мать-одиночка с очень средней зарплатой может дать троим детям? А если, не дай Бог, этот ребенок будет больным? Откуда ему здоровым-то родиться? Вы в нее столько всякой химии вкололи, таблетки килограммами... Лучше пусть избавится, пока время есть. Вы же врачи, можете убедить — типа, по медицинским показаниям...

Аркадий Семенович не соглашался:

— Это ее убьет окончательно. Она только пришла в себя, а когда узнала про ребенка, пошла на поправку. Да, лекарства могут повлиять на развитие плода, но мы держим под контролем. Пока все в норме. В конце месяца уже двенадцать недель. Самое время ей вернуться домой, ведь все лето пролежала взаперти. Сейчас бы хорошо побольше заботы, любви, витаминов. А что слышно про отца ребенка? Он не объявлялся?

Валентина хмыкнула и поджала губы:

— Да уж, разбежался... Прячется. Телефон не отвечает, адреса нет... Я как-то позвонила его помощнику Руслану, так он отказался со мной говорить — только с Наташей будет. Вот пускай она выписывается и сама разбирается. Я, конечно, Наташе помогу с детьми. Привязалась к ним. Мы все лето с ними в Предгорье ездили. Ох, тяжело смотреть на поселок — посыпалось все. Повезло, что наш дом на возвышении стоит, а те шикарные, что в низине под горой понастроили, разрушились. Волна сильная была, как цунами накатила. Если бы не эвакуация, сколько бы народу погибло! Слушай, Аркаша, может, ты и прав насчет Наташки, но сердце неспокойно. Я после того, что случилось, побаиваюсь. Как вспомню, так мурашки по спине: чистая ведьма с ножом — и на собственного ребенка... А вдруг это вернется?

— Мама не ведьма! — не выдержала Маша, встряв в разговор.

Валентина и доктор замолчали, смутившись, а Маша, словно пророчествуя, добавила:

— Что бы вы ни делали, ребенок родится. Я даже знаю, когда: в день Лешиной гибели одиннадцатого февраля.

Валентина сплюнула:

— Да не дай Бог! Что ты такое говоришь?

Доктор же удивился, откуда Маше известно про дату, которую приблизительно указал гинеколог.

Налив Чуче молока, Маша молча вышла из кухни. По ее щеке сползла слеза, докатившись до самых губ. На вкус она была соленой и горькой. Про дату рождения ребенка она узнала от самого ребенка, которого язык не поворачивался так назвать. Навещая маму в больнице, Маша окончательно убедилась, что в мамином животе растет нечто странное, слегка похожее на креветку с большой головой и единственным черным глазом. Картинки человеческих зародышей ей и раньше попадались в книжках, но теперь она их пристально изучала. На них ничего похожего не было.

Маше хотелось, как можно лучше рассмотреть зародыш, поэтому в последний визит она присела на больничную койку рядом с мамой и, обнимая, слегка коснулась живота. «Креветка», выпучив круглый глаз, уставилась на нее и вдруг Маша очень ясно в голове услышала скрипучий голос: «Привет, сестренка! Испугалась? Ха! Я еще не такое могу. Будем с тобой болтать. Рта можешь не открывать. Мысленно отвечай. Я услышу. Слушай, придумай мне имя. Тебя вот Машей зовут. Если честно, так себе имя, вроде мыши... А вот мне бы хорошо что-то поинтереснее, что-то унисекс, чтобы и мальчику и девочке подходило. Я же особенное существо, ну ты понимаешь...»

Маша отдернула руку от маминого живота и глотнула воздух.

Мама удивилась:

— Ты чего, дурочка, испугалась? Почувствовала что? Ребеночек еще не шевелится, рано ему...

Маша мысленно ответила разговорчивому зародышу: «Заткнись! Какая я тебе сестренка? Ты на себя посмотри». — «Ну зачем так грубо? Ты тоже не красавица. Мы ведь скоро встретимся. Будешь меня нянчить. Ты же любишь число одиннадцать? Как тебе одиннадцатое февраля? Ха! Знала, что психанешь. А с чего, собственно? Дата, как дата. Кто-то погибает, кто-то рождается. Да, чтобы не забыть: ты там свою Валентину предупреди, если она будет склонять Наташу к аборту, я ее саму абортирую из этой жизни. Если кто захочет мне вредить, папе расскажу. Он все видит и в обиду меня не даст. Слышишь, сядь подальше. Меня от браслета твоего трясет... Если будешь меня пугать своим дурацким мертвиком, то я разозлюсь и всем будет только хуже». — «Ну это мы еще посмотрим, кому будет хуже...»

Маша назло придвинулась поближе к маме и обняла. Наташа улыбнулась и спросила:

— Машуля, а ты кого больше хочешь, братика или сестричку?

Пришлось соврать, что без разницы, лишь бы мама была счастлива.

Креветка свернулась тугим калачиком, но глаз не закрыла, сверля взглядом Машу и угрожая: «Если не хочешь, чтобы твоя мама умерла во время родов, не раздражай меня». — «Но ведь это и твоя мама тоже!» — «Она мне не нужна. Выносит — и довольно. Я саморазвивающееся и самодостаточное существо — высшая ступень эволюции». — «Ты же уродина, каких мало!» — «Поговорим, когда я выйду на свет. Вы все с ума сойдете от моей красоты». — «Запомни, — рассвирепела Маша, — если с мамой что-то случится, я тебя уничтожу». — «Ой, напугала... Я бессмертна, понятно?»

Перед Наташиной выпиской Валентина затеяла генеральную уборку. Она перемыла окна, отдраила полы, наготовила еды. Все это она делала без особой радости, не прекращая бухтеть про предстоящие заботы и бессонные ночи, про Наташкину безответственность и глупость.

— Тетя Валя, прошу вас, замолчите! — умоляла Маша. — Это опасно. Тот, кто в маме, все слышит и чувствует.

— Ишь ты, — отмахивалась Валентина, — во загнула! Слышит, чувствует... Да он еще букашка безмозглая. Ох, что-то опять голову сдавило, видимо, давление скачет. Присяду-ка, а ты мне капельки принеси. Там, в сумочке...

«Скорее бы мама вернулась, — думала Маша. — Тогда Валентина притихнет и перестанет злить Креветку. Эта тварь угробит ее первой...»

Вернувшись домой, Наташа сразу же пресекла причитания соседки, не подозревая, что тем самым спасла ей жизнь. Вопросы: «На какие деньги будешь растить? Где отец ребенка?» не имели для нее никакого значения. Поглаживая себя по еще плоскому животу, постоянно улыбалась, много спала, вот только почти ничего не ела. Ее от всего тошнило. Даже прежде любимая жареная картошка, блинчики со сметаной и вишневым вареньем заставляли Наташу пулей выбегать из-за стола прямиком в ванную комнату. Валентина уговаривала ее съесть хоть что-нибудь, но свежевыжатый сок выходил носом, а фрукты застревали поперек горла. Селедочка и соленый огурчик тоже не помогали. Наташа катастрофически худела. Доктора начали бить тревогу, прописали уколы витаминов и глюкозы. Валентина заметила, что Наташа отколупывает со стены обои, чтобы добраться до штукатурки, а однажды чуть не лишилась дара речи, застав Наташу с полным ртом земли, которую та наковыряла в цветочных горшках. Но больше всего Наташе нравилось обсасывать камешки — как леденцы. Если находила их на прогулке, то тянула в рот, как маленькая. Доктора не находили в этом ничего удивительного, объясняя странностями поведения беременных, но Маша понимала, что дело в том, что Креветка выбирает продукты по своему вкусу и высасывает из мамы последние соки. Через месяц такой жизни Наташа еле ходила, все время хватаясь за живот. Креветка пиналась, крутилась, как заведенная, если что-то было ей не по нраву. Особенно ее раздражало молоко. Маме достаточно было на него взглянуть, как получала удар по дых. Так долго не могло продолжаться, и Маша с нетерпением ждала назначенного маме УЗИ в надежде, что там-то все и откроется.

За день до процедуры Креветка была тихой, сонной, дала маме спокойно спать и даже немного поесть нормальной еды.

— Испугалась? — злорадствовала Маша. — Так тебе и надо. Теперь они увидят, какое чудовище растет, и сделают маме операцию...

— Чему радуешься? После этого мама точно умрет. Мы теперь с ней одно целое. Она жива, пока жива я.

— Я буду за нее бороться. Если не знаешь, как я это умею, спроси у папочки.

Проверка на УЗИ ничего странного не показала: плод развивался нормально, вот только пол ребенка пока трудно было определить. Врачей волновало другое: состояние крайней истощенности будущей матери. Предлагали уложить в стационар и назначить капельницы с питательными растворами. Наташа от больницы отказалась, но обещала соблюдать рекомендации по питанию.

Маша поняла, что Креветка способна мимикрировать, и ходила мрачнее тучи. Витька тоже был как в воду опущенный. От мамы он держался на расстоянии, словно она болела заразной болезнью, а еще было видно, что его гнетет какая-то тайна. Маша прижала его к стенке:

— Колись, опять с покойничками разговариваешь?

У Витьки даже нос зачесался и выступили слезы. Опустив глаза, он уставился на свой тапок и пробубнил:

— Вчера ночью мама с бабушкой ругалась.

Маша тряхнула его за плечи.

— Мама с бабушкой? Тебе не приснилось? Мама же никогда до этого с мертвыми не разговаривала. Плохо это. Ты слышал, о чем говорили?

— Да. Бабушка просила отдать ей ребенка. Я испугался, что опять за мной пришли, но она просила отдать нового, который еще не родился. Мама накричала на нее, а бабушка ни в какую, типа, погубит тебя ребенок этот… Отдай!

— Да ты что! — обрадовалась Маша. — Это значит, Креветку хотят забрать!

Витя вытаращил глаза:

— Какую креветку?

— Неважно, забудь!

Она решила пока ничего ему не рассказывать про чудище, растущее в мамином животе. Витя может перепугаться и ей рассказать. Мама на него обозлится, а Креветка начнет ему мстить.

После проверки на УЗИ мамино поведение изменилось. Она перестала есть штукатурку и землю, исполняла все предписания врачей. Креветка тоже не осталась прежней: приняла вид человеческого зародыша, притихла, но не перестала доставать Машу дурацкими разговорами: «Как я вас всех обдурила? Теперь больше нравлюсь? Видишь, у меня ручки и ножки появились, даже два глаза и два уха. Не думай, я все вижу и слышу, а уж понимаю, что происходит, получше вас. Вот, например, скоро Наташа позвонит Руслану, чтобы тот помог

найти моего папу. А чего его искать? Он тут, всегда рядом со мной». «С тобой окей, — огрызнулась Маша, — главное, чтобы не с нами. Нашла, чем пугать. За тобой, дорогая, тоже уже приходили с того света. Сама знаешь. И папа тебе не поможет». — «Еще как поможет. Да, кстати, ты же еще не знаешь самого главного: денежек у вас как кот наплакал, вот мама и решила дом в Предгорье продать. Жалко? А я могу помочь и сделать так, что она передумает…» — «Очень надо…Туда ему и дорога этому дому с проклятым Предгорьем».

Креветка не обманула. За ужином, как гром среди ясного неба, прозвучало Наташино решение продать дом в Предгорье. Объясняла она это просто: Предгорье после наводнения уже не то. Гора, создававшая уникальный микроклимат, разрушилась; нет искусственного моря, а только бурная река, в которой и не поплаваешь особо; смыты подчистую элитные гольф-клуб и спа-центр, а самое главное — семье сейчас нужны деньги. Валентина охнула, а Витька разревелся. Он все лето носился с идеей «живой воды», которая пришла ему в голову после странного происшествия. Когда воду из водохранилища отвели в русло реки, плавать не получалось, поэтому детям только и оставалось, что смотреть на свободное и бурное течение, пускать кораблики из лопуха, забегать по пояс, радуясь щекотке веселого потока, и распугивать стайки мальков. Река неслась с чудовищной силой.

Однажды Маша, зайдя по колено в речку, потянулась за проплывающей веткой. Она забыла снять браслет, его чуть не сорвало с руки. Вовремя подхватив, заметила, как вокруг запястья закрутилась лента голубых огоньков. Они, словно приклеенные, следовали за рукой, играя в потоке. Догадка поразила Машу: ее мертвик, как магнит, притягивает частички камня, растворенного в воде. Река полна им. Он никуда не исчез! Витька, выпучив глаза, зачерпнул горсть светящейся воды. Даже у него в ладонях она продолжала мерцать. От тут же набрал воду в бутылку и засунул в рюкзак. Пока шли домой, вода из бутылки вылилась. Это не сразу обнаружили.

Забросив мокрый рюкзак под кровать, Витя не вспоминал о нем весь день. Среди ночи он проснулся от странного шороха и копошения под кроватью. Дотянувшись до ночника, включил свет и заорал благим матом. Маша и Валентина подхватились на крик, а когда зашли в его комнату, то застыли от ужаса: из-под Витиной кровати лезли полчища жирных, розово-сине-бурых дождевых червяков, покрывая колышущейся, склизкой массой весь пол. Пришлось среди ночи выгребать их и выносить на улицу. Валентина чертыхалась, а Маша обнаружила откуда лезут эти уродливые, но безобидные существа. Витин рюкзак был полон ими. Прижав брата к стенке, она устроила допрос, как такое могло прийти в голову, наполнить рюкзак червями? Витя ревел белугой. Он клялся, что в рюкзаке была только маленькая коробочка с парочкой дохлых червячков для рыбалки. И тут Маша поняла — все дело в светящейся воде! Витя разлил ее, намочив коробку с червями. Они ожили и размножились в невероятном количестве.

После случившегося Витька не мог успокоиться и продолжил эксперименты. Он уговаривал Машу засовывать руку с браслетом в тазик с водопроводной водой — эффекта свечения не наблюдалось. Даже речная вода, принесенная в дом, оставалась просто прозрачной водой, сколько бы Маша не держала в ней свой браслет. Свечение возникало только тогда, когда Маша входила в реку. Но кое-что получилось, например, воскрешение раздавленной на берегу бабочки. Витя нашел несчастную в песке. Перенес поближе к реке и, зачерпнув светящейся воды, выплеснул на расплюснутое тельце. Бабочка забила крыльями и взлетела. Он завопил:

— Сработало! Тут получается, а дома ни одна муха не воскресла!

— А червяки? — напомнила Маша.

— Они ожили потому, что вода на них попала прямо из реки. Бутылка в рюкзаке разлилась пока домой шли. Давай еще попробуем кого-нибудь оживить. Сейчас поищу. А если не найду, пару мух прихлопну. Тут их тьма! Жуков и муравьев тоже…

— Отличная идея, — саркастически усмехнулась Маша, — Будем воскрешать, но сначала кого-нибудь прибьем. А мне что прикажешь делать? Вообще из воды не выходить?

Наигравшись с насекомыми, Витя, как настоящий исследователь, решил провести опыты на себе. Умирать не собирался, но хотел выяснить может ли светящаяся вода залечивать раны. Так, чтобы Маша не заметила, полоснул острым стеклом по руке и опустил в светящийся шлейф на воде. Брызнула кровь, и в этот момент огоньки в воде погасли. Кровь продолжала течь, а Маша, испугавшись, вытянула Витьку из воды, перевязала майкой руку и пригрозила, что, если он будет и дальше так себя вести, вообще в речку не зайдет. Рана потом еще долго кровоточила.

Маше все это не нравилось. Ей надоело торчать в холодной воде, но радовало, что мертвик после купаний оживал. В городе он тускнел и сжимался. Если удавалось кого-то «полечить», он набирался сил, но Маша не решалась предлагать это людям, чтобы не прослыть чокнутой. Например, Костя Мякин, ее одноклассник, всем растрезвонил,

что Маша предлагала его лечить ведьмовскими способами. Ребята всегда ее сторонились, а теперь вообще решили, что она придурочная. Лечить животных тоже не получалось. Больные собаки и кошки на улице, конечно, попадались, но как их отловишь и заставишь сидеть на месте? Одни проблемы с этим камнем! Маша все чаще задумывалась, а нужен ли ей мертвик и хочет ли быть его хозяйкой. Получалось, что нет. Может и хорошо, что мама продаст дом. Проще простого бросить камень в реку — и с концами…

Вот только Витю и Валентину жалко. Они так любят Предгорье. А что, если поторговаться с Креветкой? А вдруг та поможет уговорить маму не продавать. Тогда Витя и Валентина будут счастливы.

Улучив момент, когда маму сморил послеобеденный сон, Маша присела рядом на кровать и поднесла руку с браслетом к маминому животу. Креветка вздрогнула и открыла круглый черный глаз.

— Привет! — шепнула Маша. Не волнуйся, просто хотела тебя разбудить. Слушай, а как к тебе обращаться? Привет, сестренка? Или привет, братишка?

Креветка булькнула:

— Я еще не определилось. Пока я и мальчик и девочка одновременно. А может, таким и останусь. Ты мне придумала имя унисекс?

— Есть парочка… Например, Женя, Саша — оно же Шурка. Какое хочешь? Саша нормально, а Шура так вообще — супер!

Креветка задумалась, а потом скороговоркой залепетала:

— Аруш, Ашам, Ашатан… Классно получается, если наши имена задом наперед читать: Шура, Маша, Наташа, а Витя тут лишний.

— Что значит — лишний? — возмутилась Маша.

— Согласись, ведь гадкий мальчишка. И как ты его терпишь? Ничего, я тебе помогу.

Креветка противно хихикнула. Маша старалась держать себя в руках, чтобы не сорвать переговоры.

Она начала издалека:

— Тебе же не нравится мой браслет, так? Всякий раз, когда я близко к маме подхожу, ты дрожишь. А знаешь почему?

— Да знаю, знаю… Мне папа рассказал, что ты хозяйка мертвика, а он у тебя в браслете. Но это пока ты хозяйка, потом он подчинится мне без разговоров, не сомневайся, да и вы все тоже. Папа уже договорился с самым главным в стране — я буду у его в советниках, и мы весь мир заставим подчиниться…

— Это мы посмотрим. Но без Предгорья мертвик умрет. Это проверено. Уговоришь маму не продавать дом?

Крутанувшись на привязи пуповины, креветка спросила:

— Маша, а в Предгорье хорошо?

— Очень. Сама увидишь, если поможешь.

— А ты будешь звать меня Шуркой? И маму уболтаешь, чтобы так называла?

— Попробую.

— Тогда по рукам! Я посылаю в мамин мозг сигнал «отмена». Она оставляет дом, а ты настаиваешь на имени Шура.

— Но ведь ты сама можешь послать ей сигнал с именем.

— Могу, но хочу, чтобы это сделала ты. Знаешь, ты мне все больше нравишься, хоть у папы на

тебя и другие планы.

— Какие еще планы? — напряглась Маша.

— Узнаешь, — хихикнула Креветка, которую с этого дня следовало называть Шуркой.

Маша с облегчением выдохнула — это была выгодная сделка. Оставалось уговорить маму.

Помогла ли Креветка своими сигналами, неизвестно, но имя Александра, Шура маме понравилось. Пока так и оставалось неясным, что будет с домом в Предгорье.

Тем временем Наташа пыталась дозвониться Руслану, чтобы попросить о помощи в поисках Антона и посоветоваться, стоит ли продавать дом. На звонки он не отвечал. И на то были свои причины, о которых Наташа не догадывалась.

Litsvet

ЭССЕ

Ульяна КОЛЕСОВА

На обложке этого номера — не просто иллюстрация. Работа, названная «Президент», — часть новой концептуальной серии художника «Вожди», отражающей философию власти. В свете последних событий тема эта, пожалуй, одна из самых острых. В октябре 2025 года серия «Вожди» будет показана на Арт Биеннале во Флоренции (XV Florence Biennale), где художник представит Черногорию и Канаду. Тема флорентийского биеннале этого года впечатляет: «Возвышенная сущность света и тьмы» (The Sublime Essence of Light and Darkness). Мы попросили Ульяну рассказать о своей работе.

БЕССТРАСТНЫЕ ЛИКИ БОГОВ

… Я хочу видеть империю поверженной в прах, за это я сражаюсь. Я хочу власти. Хочу испытать всю сладость жизни, все радости этого мира. Это моя цель — и она стоит средств.

Эрнст фон Заломон. Вне закона

Кто такие вожди? Можно ли стать лидером, оставаясь в полной мере человеком?

Или, чтобы добраться до верхушки общественной пирамиды, необходимо принести в жертву свою гуманную человеческую сущность? Актуальные вопросы, не так ли?

Давайте вспомним Ницше. Согласно его философии, сверхчеловек — это воплощение воли к власти, это радикальный эксцентрик, презирающий мнение толпы, творец, способный изменить вектор исторического развития. «Возвыситься до „сверхчеловека" может только тот, кто отказался от существующей иерархии ценностей и низменных форм морали».

Стремящийся к власти прекрасно знает, что отказ от морали неизменно сделает его преступником, но он осознанно идет на это, так как верит в свои исключительные права. Он наделяет себя полномочиями не человека, но Бога. И если ему удалось получить власть, это для него является лишним доказательством его правоты.

Мы рассуждаем о поступках лидеров, опираясь на общепринятую мораль, не принимая во внимание то, что для получивших власть этой морали просто не существует. В своем сознании лидер ставит себя выше стандартов добра и зла. Он — творец истории, «сверхчеловек», стало быть, его цель оправдывает средства.

«Посмотри на добрых и праведных! Кого ненавидят они больше всего? Того, кто разбивает их скрижали ценностей, разрушителя, преступника — но это и есть созидающий» (Ницше Ф. Так говорил Заратустра).

В какой мере разрушителями и в какой мере созидателями были Александр Македонский, Цезарь, Наполеон, Борджиа? Кто может измерить, сколько добра и сколько зла они принесли миру? Не стремясь ни к тому, ни к другому, они просто властвовали и обладали силой, которая позволила им изменить ход истории.

Именно философии власти посвящена моя серия, которая включает в себя тринадцать рельефно-скульптурных работ.

Отправной точкой для создания серии послужили символизм и знаковость африканских ритуальных масок, которые, как мне кажется, обладают наиболее мощным визуальным и энергетическим воздействием.

Тема маски, на мой взгляд, стоит в ряду наиболее загадочных и интригующих тем в философии и культуре. Осознанно или нет, человек в социальном мире всегда предстает в различных ролях и соответствующих масках. Таким образом он является совокупностью социальных образов.

В современном восприятии маска — это фальшивка, симулякр, но на самом деле концепция маски намного глубже. Платон и Аристотель говорили о маске как о силе, способной открыть человеку иное бытие. Во многих культурах маска является обязательным атрибутом в ритуальных обрядах.

Что такое ритуал? Прежде всего — это действо, с помощью которого человек открывает для себя другую, символическую реальность. Через маску человек приобщается к сакральному, трансформируется, получает возможность подняться на более высокую ступень. Другими словами, становится тем самым «сверхчеловеком». Лицо, скрытое священной маской, превращается в лик Бога.

В серии «Вожди» я немного меняю существующую концепцию, вернее, пытаюсь посмотреть на нее под несколько другим углом: показать не трансформацию человека и приближение его к божественному под воздействием маски, а превращение личности, мысленно уже причислившей себя к богам, — в символ, набор семантических свойств, в маску.

Эту серию сложно отнести к определенному стилю или жанру. Работы выполнены в смешанной технике с использованием разных материалов. Я намеренно сделала их значительно крупнее человеческого лица, чтобы лишить мои маски функциональной составляющей и оставить только символическую. Серия стилистически эклектична, что также было частью идеи: мне не хотелось привязывать ее к определенному этносу или историческому периоду. «Старый Монарх», «Президент», «Премьер Министр», «Королева», «Вождь племени», «Богочеловек», «Диктатор»… Серия включает в себя тринадцать образов, каждый из которых имеет свою собственную эстетику, свою текстуру».

Объединяет образы только одно: это не человеческие лица, это бесстрастные лики богов.

Litsvet

ИДОЛ

ИЗБРАННИК

КОРОЛЕВА

СОЗДАТЕЛЬ ИДЕОЛОГИИ